中公文庫

新装版

スカイ・クロラ

The Sky Crawlers

森　博嗣

中央公論新社

スカイ・クロラ

The Sky Crawlers

MORI Hiroshi

森博嗣

戦争を知らない大人たちに捧げよう。
彼らの過ちは、三つある。
子供たちが自分たちから生まれたと信じている。
子供たちより多くを知っていると思い込んでいる。
子供たちがいずれ自分たちと同じものになると願っている。
それら妄想の馬鹿馬鹿しさといったら、
戦争よりも悲惨なのだから。

contents
目次

The Sky Crawlers

"I didn't tell them when they were actually going to die, though. That's a very false rumor," Teddy said. "*could* have, but I knew that in their hearts they really didn't want to know. I mean I knew that even though they teach Religion and Philosophy and all, they're still pretty afraid to die." Teddy sat, or reclined, in silence for a minute. "It's so silly," he said. "All you do is get the heck out of your body when you die. My gosh, everybody's done it thousands and thousands of times. Just because they don't remember it doesn't mean they haven't done it. It's so silly."

("Teddy" NINE STORIES / J.D. SALINGER)

スカイ・クロラ

「でもぼくは、実際にいつ死ぬかなんてことは教えなかった。そんな噂は真っ赤な嘘だよ」と、テディは言った「言えないことはなかったけど、みんな内心じゃ本当は知りたくないのが分ってたからね。みんなは宗教とか哲学とか、そういったものを教えてるけど、やはり死ぬのをとても怖がっているのがぼくには分ってたのさ」テディはデッキ・チェアに坐って、というよりむしろ寝そべって、しばらく黙っていたが、やがて「実に馬鹿々々しい」と、言った「死んだら身体から跳び出せばいい、それだけのことだよ。誰しも何千回何万回とやってきたことじゃないか。覚えてないからといって、やったことがないことにはならないよ。全く馬鹿々々しい」

（「テディ」ナイン・ストーリーズ／サリンジャー）

prologue

プロローグ

夢の中で、僕は大切な人を守るために戦った。彼女は地球上で最後の物理学者だ。彼女の頭脳が失われれば、人類の文明あるいは歴史の一部が静かな終焉《しゅうえん》を迎える。それは間違いのない解釈だった。何故なら人類の存在のその意味が、彼女の頭の中にあったからだ。僕たちは、それに抵抗しようとした。

僕たち？

つまり、僕と彼女の二人。

他に人類がいるなんて考えたこともない。

地下道を二人で逃げ回った。襲ってくる敵から少しでも遠くへ、そして少しでも長く生きようとした。もう会話をするような時間もなかった。どういった経緯でこんな事態に自分たちが陥ったのか、理由を思い出す余裕もなかった。僕はただ……、恐がっている彼女をなんとかしてやりたかっただけ、彼女が泣くのが堪らなかっただけで、それが僕の躰《からだ》に残ったどんな傷よりも誇らしげに永遠の痛みを訴えるのだ。僕自身はいつでも死ぬ覚悟ができている、と考えていたし、そもそも死を恐れたことなんて一度もない。もし彼女が敵の手に落ちれば、僕はなんの迷いもなく即座に自殺しただろう。

それでも彼女に、どうしてそんなに恐がるのか、と尋ねると、彼女は（本当に緊迫した表情で）こう答えるのだった。

「貴方《あなた》と一緒にいられなくなるから……。一人になるのが恐い」

そうなんだ、

二人とも、べつに死ぬことを恐れているわけではなかった。

本来、生きていること、それ自体が、誰かと別れるかもしれない可能性ではないか。生きているからこそ、恐怖を味わうのだけれど、生と恐怖とは決して同義ではない。すなわち、死んでしまえば、自分とも離ればなれになってしまうのだから、この世の影ともいえる屍《しかばね》が、誰と一緒だろうが、また誰と別れようが、すべて無意味なこと。

自分とだって？

自分って、誰だ？

そんなことは、生きている奴が考える傲慢。

生きている奴だけが騙《だま》される幻想。

不規則な、きれぎれの、それこそ死にもの狂いの嘘。

「ここで二人で死のうか？」

暗い地下道の途中で、僕は彼女に提案した。

案の定、彼女はそれを簡単に受け入れてくれた。それは絶望というよりは、はるかに手近で明るい決断だったと思う。

「さようなら」僕は言った。

「ありがとう」彼女は微笑《ほほえ》む。

僕は銃を彼女の頭に向けて、引金をひいた。

一発。

煙。

火薬の甘い香。

そして、

彼女がゆっくりと倒れるのを見守ってから、

目を瞑《つむ》って、息を止める。

永遠よ、さようなら。

空気よ、宇宙よ、

呼べるものなら、僕の名を呼んでごらん。

織物に模様を思い浮かべ、

曼陀羅《まんだら》の端に小さな染み。

泳ぐ、

踊る、

這《は》いまわる。

こうして……、僕はその夢から離脱したのだ。

強制的に夢から覚める方法を僕は知っていたので、ときどきこの手を使う。世界が夢であると気づいていなくてはならない。それが条件だ。けれど、離脱しようと思うときには、決まって夢なのだから、まったく都合が良い。現実の中でそんなふうに思ったことは一度もない。きっと、彼女もこの方法を知っていただろう。僕に撃たれるよりも一瞬早く、彼女は離脱した。それは僕の願望に過ぎないけれど……。

目が覚めても、彼女のことがしばらく僕の心に残留していた。それは、彼女の姿や声や匂いではない。彼女の存在そのものだ。だから、それは言葉にも信号にも還元することができない。したがって、急速に霧散し、消えていく。しかし、姿や声や匂いに印象を留めることの滑稽《こっけい》さに比べれば、それは素敵な消散だ。

鼓動は早く、僕は汗をかいていた。

やがて緊迫した世界が侵入してくる。僕の精神を、以前から自分たちの棲《す》みかだと思っているのだ。

このどうしようもなく馬鹿馬鹿しい現実の中で、僕の名前に向かって直接襲いかかる敵など存在しない。僕には物理学者の恋人もいない。人を直接愛したことも、直接この手で殺したことも、まだなかった。

僕は何者なのか。

思い出す。

思い出すこと自体が、呪われた証《あかし》。
僕は、今日、ここへ配備されたパイロット。
戦闘機に乗ることが僕の仕事だ。
だから、間接的には、敵に襲われたことも、人を殺したこともないとはいえない。そう、間接的には、である。

世の中のほとんどの差は、直接か間接かの違いなのだ。

呼吸は少し収まった。

毛布を撥《は》ねのけて起き上がる。ベッドから足を下ろす。頭は泥のように重い。でも躰はもう震えていなかった。床は厭味《いやみ》なほど冷たくて、僕はそこにあった靴の中に足を滑り込ませた。夜中にふいに目覚めたとき、自分の靴がそこにちゃんと揃っている奇跡を、僕は信じていない。目覚めたときに、何故いつも同じ世界なのか、不思議でならない。それとも、瞬時にそれが同じ世界だと鵜《う》呑《の》みにできるような「手続き」が僕たちに施されているのだろうか。生まれたとき、魔法の針を埋め込まれたのかもしれない。

立ち上がる。磨《す》りガラスの窓がぼんやりと明るかった。もう夜明けが近いようだ。僕が寝ていたのは頑強な二段ベッドで、上の段では、男が眠っていた。顔は見えなかったけれど、規則正しい彼の寝息が聞こえる。名前は尋ねなかった。そのうちわかることを慌ててきくこともない。彼は僕よりもずっと躰が大きい。どんな奴なのか、まだよくわからない。よくわからない奴が、すぐ上で眠っているなんて状況は気持ちの良いものではない。明らかに特別だ。こんな特別は許容できない人間だって多いだろう。幸い、僕はそういったことが気にならない。どこでだって眠ることができるし、なんだって食べることができる。それくらいしか、僕には取柄がない。

ただ、こうして、ときどき目を覚ましてしまい、そのあと眠れなくなる。これが僕の不具合の一つ。

リズミカルな音が、微《かす》かに聞こえた。最初は昆虫の羽音かと思った。それにしては、あまりにも長く続いている。

僕は立ち上がって、ジャンパを羽織り、部屋を出た。カーボンに汚れたマフラのように暗い通路を歩いて、中庭に出るドアを開けた。重いわりに素直に開くドアだった。

空気は冷たい。けれど、僕にも、それに夜にも、ちょうど良かった。

少しはっきりと聞こえるようになる。モータの音みたいだ。時計を確かめてくるのを忘れたので、空を見上げて、知っている星座をすぐに見つけ出す。これで、時刻がわかった。子供のときに覚えた方法だ。午前四時くらいだろう。

コンクリートの壁沿いに歩いていくと、ずっと先に眩《まぶ》しい光が見えた。格納庫がある方角だった。

さらに僕は近づいた。シャッタが半分だけ上がっている。格納庫の裏手で、トラックなどの搬入に使われるのだろう、そこから光が漏れていた。

僕は躰を折り曲げ、シャッタを潜《くぐ》って中に入った。格納庫はとても大きい。明るかったのは入口のごく付近だけで、大部分は怪物のような暗闇に支配されている。星が見えないだけで、天井は夜空と同じくらい暗く、しかも高い。

スタンドにスポットライト。モータ音は壁際のコンプレッサが発するものだとわかった。一番明るいところに、男が一人立っている。オイルに汚れた白いツナギを着て、片手にラチェット・レンチを持っていた。ゴーグルをかけていたが、溶接のためだろうか。彼の前には、直列八気筒のエンジンがチェーンブロックとクレーンの両方に支えられて、宙に浮いている。それを下ろそうとしているのか、それとも持ち上げたところなのか、床に台車があったけれど、今はそこに載っているわけではない。一番近くにある飛行機は、十メートルほど奥だった。カウリングが外され、後方のエンジン・ルームが露出している。丸い穴で肉抜きされたフレームが鈍い光を反射していた。その機体のエンジンを降ろしたようだ。

近づいていくと、ようやく彼は僕に気づいた。

「やあ、おはよう」彼はゴーグルを持ち上げながら、にっこりと笑った。まだ若そうだ。

「徹夜で作業ですか？」僕は尋ねる。

「見かけない顔だけど」

「昨日配属になったばかりです」

「あぁ、じゃあ、これはあんたを乗せるやつだ」

「僕の？」奥にある機体をもう一度見る。

男はゴーグルを頭の上までずらし、僕をじろりと見た。それから、ツナギのポケットを探して煙草《たばこ》を取り出すと、マッチでそれに火をつけた。

「禁煙じゃないんですか？」僕はきいた。少なくともガソリンっぽい臭いがしている。

「アルミが好きかい？」煙を勢い良く吹き出してから、男は言う。「とことん粘《ねば》っこい金属なんだ。そのくせ、すぐに融けてしまうし」

「合金でしょう？」

「合金になっても、ひねくれた性格は直らない」彼はにやりと笑った。白い前歯が見えた。

「で……、今は、その、何を？」僕は肝心の質問をぶつける。自分の乗る飛行機なら、その質問をする権利があるだろう、と思った。

「聞かない方が良いな」

「どうして？」

「自分の限界を知らない方が、ときどき有利になる」

「ときどき有利になったって、しかたがないんじゃ……」僕は笑った。

「つまり、身軽だって意味だけど、違うかい？」

「身軽？　べつに、身軽になっても、マラソンとか、スポーツじゃないんだし」僕は冗談っぽく言う。多少親しみを込めて。

「殺合いだしな」男は煙を吐いた。

「いや……、これは、仕事だよ」

「殺し屋には、殺しが仕事か？」

「うん……」僕は近くにあったコンテナを見る。視線を逸《そ》らせることが目的だった。「ここ座って良い？」

「あぁ、それは俺の管轄じゃない」横目で僕を見て、男は頷《うなず》く。

「誰の管轄？」

「そこに座りたい奴の管轄」

「ここのボス、どんな人？」

「早いとこ戻って、少しでも寝た方が良かないかな。これは、何ていうか……、そう、アドバイス」

「ありがとう。エンジンを直しているように見えるけれど……」僕は腰掛けながら質問をした。「何が悪い？　聞いておいた方が良いと思うんだ」

「どうかな」

「教えてほしい」

「この機体の経験は？」

「装備なしのなら、何度か乗ったことがある」僕は答えた。

機種は散香《サンカ》マークBだった。もうすぐ最新型のマークDが登場する機種だ。武器を搭載しない状態でならば、試験飛行と偵察任務でいくらか飛行経験があった。あまりよくは憶えていない。いや、飛行機の感触はしっかりと憶えているが、任務を憶えていない、という意味だ。たしか、前の会社にいたときだった。

「どれくらい装備できるか、知ってるかい？」

「三十五パーセントくらいかな」

「三十パーセント」

機体の重さに対する武器や弾薬の重量比のことである。

「重いな」僕は呟いた。

「非力だ。このエンジンじゃ、これ以上は絞り出せない。肝心の六千あたりでもたつく」

「息継ぎだね」

「吸気経路が切り換わるせいだ。知っていれば問題ない」

「知っているよ、それくらい。そこで、一度、スロットルを切るのがコツ」

「それ、誰に教えてもらった？」

僕は答えなかった。それを教えてくれた人間は、僕にとって大切な人だ。その人の名を口にするのは、その人と対面したときだけだと決めている。

「誰でも知っている」僕はいい加減に答える。

「そう、生きている奴はみんな知っている。知らない奴は生きちゃいない」彼は笑わなかった。

「で、今、修理しているのは？」僕は話を戻した。

「息継ぎの途中で、本当に息継ぎするようにした」男はまた白い歯を見せて笑った。「ここだ」彼はバルブのサイドを指さす。「切り換わる瞬間、ほんの一瞬、この穴から圧力が抜けるようにした。吸引が一瞬だけ遅れる。簡単な改良だ。つまり、あんたの言ったそのコツってのは、もう不要ってわけ」

「余計なことをしてるんじゃ？」僕は少し不安になった。

「いいか……、息継ぎで、絶対にスロットルを絞るな、一気に押し上げろ」

「それで、何人かやられている」僕は冷たく言った。

「そうさ、だから、やられないようにしたんだ。信じろ」

「何を？」

「自分の運だよ」

「僕は、今までやられなかった。そんなの必要ないよ。元に戻してくれないか」

「駄目だ、もう穴を開けちまったんだから」

僕は舌打ちして、それから溜息《ためいき》をついた。

流氷に乗ったオットセイみたいに嫌な予感がしていたんだ。

今度の配属は、そもそも好条件への転属ではない。ここが死に場所だ、と言われているのに限りなく近い。もちろん、それを望んでいる奴の顔を僕は知っているし、それに、自分に非がないとも思わなかった。事情を知っている友人たちが、みんな見送りのときに無口だったことを思い出す。樹齢を重ねた大木の根っこみたいに無口だった。

「俺を信じて、機首が上がっているときは、特に一気に吹かせ」

「あぁ」僕は生返事をした。

そんな状況になることは、滅多にないだろう。

それに、そんな状況になったときには、きっとすべての忠告を忘れているに決まっている。言葉の方が、人よりも一瞬だけ早く死ぬからだ。

でも、自分の運を信じるよりは、こいつの言葉を信じた方が多少ましかな、とそのときの僕は思った。

episode 1: cowling

The mouse, I've been sure for years, limps home from the site of the burning ferris wheel with a brand-new, airtight plan for killing the cat.

("De Daumier-Smith's Blue Period" NINE STORIES / J.D. SALINGER)

第1話　カウリング

年来わたしは確信しているのだが、二十日鼠という奴は、燃え上がるフェリス式観覧車を後にしてびっこを引き引き家へ帰るときにはすでに、今度こそ間違いなく猫の命を奪う新手の計画をめぐらしているものだ。

（「ド・ドーミエ＝スミスの青の時代」ナイン・ストーリーズ／サリンジャー）

1

草薙水素《クサナギスイト》の白いデスクの前で僕は敬礼をした。彼女の部屋はオフィスの二階で滑走路に面していたけれど、今はブラインドが下ろされていて、外は見えなかった。壁には額縁に飾られた写真や書類が整列している。おそらくなにかの輝かしい業績を証明するものだろう、銀色の星や、金箔の飾りが目立つものが多い。こうしてみると、そういった過去の証拠品を飾る趣味がある人間、あるいは、特にその種の儀式に対して抵抗がない人間しか、この部屋は向かない。結果、この手の職種も勤まらないのか、と思う。否《いな》、それとも、それらを誇示しなければならない対象が、どこかから密かに見張っているのかもしれない。そこまでは僕にはわからない。そんなことをぼんやりと想像した。その他には、煙草《たばこ》の臭いがしたので、この上司が喫煙者だとわかったくらい。煙草を吸わない上司を僕は信用しないことにしていたので、その点では幸先が良い、と思い込むことに決めた。毎日その程度のチャレンジは必要だ。

「カンナミ・ユーヒチ」彼女は立ち上がって、僕に一枚の書類を手渡した。インテリジェントに抑制された発声で、冷徹な響きを演出しようとしている。サボテンみたいなストイックさがあって、逆に魅惑的だった。「これが辞令だ。午前中に最初のコマンドが来る。待機していなさい」

「了解」

彼女を観察するのを諦《あきら》めて、その場でざっと書類に目を通す。タイプされたお決まりの文句の一番下に、たった今記されたばかりの数字があった。それが僕のパスワードだ。さっそく、それを暗記した。

「トキノは？」草薙はデスクにあった手帳を捲《めく》りながらきいた。

「トキノとは、誰ですか？」僕は真っ直ぐに立ったまま、きき返す。

草薙はゆっくりと顔を上げ、さらにゆっくりとメガネまで片手を持ち上げる。ほとんど表情は変わらなかったものの、一瞬の沈黙は、明らかに彼女が驚いている証拠、しかも少なからず憤慨を伴った驚きだとわかる。

「君と同室のトキノだ」草薙は言った。

「彼なら、ベッドの上で寝ていました」僕は答える。

「今も寝ているわけ？」

「今、自分はここにいるので、彼の状態を知ることはできません。少なくとも、自分が起きて、部屋を出るまでは、寝ていました」

「何故、起こさなかった？」

「彼を起こす理由が、自分にはありません」

「何故？」顎《あご》を上げて目を細めた彼女は、ようやく本当に怒った表情に見えた。しかし、変化はとても僅《わず》かだ。もともとが怒っているような顔つきなのだ。

「言い直します。その時点では、起こす理由がありませんでした。今はその、憶測ですが……、理由が生じたので、必要ならば、起こしにいきます」

草薙はデスクの向こうで真っ直ぐに立ち、僕をじっと睨《にら》みつけている。

「指示を」僕はつけ加えた。

「トキノと組め、と誰も言わなかった？」

「はい。それに、たとえそれを聞いていたとしても、今朝の時点で、自分は、同室の彼の名前がトキノだとは知らなかったので、やはり結果は同じかと思われます。つまり、彼が自分の……」

「わかったわかった」草薙が遮《さえぎ》った。彼女は無表情のまま小さく頷《うなず》き、時計を見た。「十分後に、もう一度、ここへ。ＯＫ、終わり。出ていって」

「失礼します」僕は敬礼をして、彼女の部屋を出た。

一応時計を確かめ、自分の部屋へ戻ろうか（宿舎はすぐ隣の建物だ）、それとも、一階の談話室で煙草を吸おうか、と考えながら階段を下りた。

後ろでドアが開閉する音がして、草薙水素が階段を駆け下りてくる。僕は踊り場で彼女に道を開けた。僕の方を一度も見ないまま通り過ぎ、草薙はロビィのガラス戸を押し開けて外へ出ていった。真っ直ぐ背筋を伸ばした歩き方で、コンパスが歩いているみたいだ。

　僕は談話室に入って、煙草に火をつける。大きな窓から中庭が見えたので、椅子には座らずに、草薙が宿舎へ向かっていくのを眺めていた。短いスカートを穿《は》いていることに、そのとき気づいた。なんだか、懐かしい眺めだな、と何故か思う。

　談話室には、黄ばんだビニルの長椅子と低いテーブルが幾組か並んでいて、奥の窓際で男が一人新聞を広げていた。髪の毛が異様に白く、小さなレンズのメガネをかけている。目だけ上げて僕の方をちらりと一度だけ見て、また新聞に視線を落とす。頭の後ろに片手を回して、ぼさぼさの髪を触り、顔をしかめた。彼がなにか言いだしそうだったので、少しだけ待ってみたけれど、黙ったまま顔を上げない。僕は、吸殻入れまで歩いていって、そこで煙草の灰を落とす真似をした。火をつけたばかりだったので、本当はまだそんな必要はなかった。彼に近づくきっかけにしたかっただけだ。

「昨日配属になったカンナミです」僕は言った。挨拶しておいて損はないだろう、と考えたからだ。こういうことを考えるたびに、自分も長く生きてきたなと思う。

「こんにちは」男は顔を上げる。「クサナギ氏、怒っていたみたいだけど」

「あぁ……、いえ……」僕は窓の外に目を向ける。しかし、彼女の姿はもうない。ガラスが光を反射して、宿舎の中までは見えなかった。「トキノさんが、起きてこなかったからだと思いますけど」

「そう……」男はつまらなそうな顔をする。「なんだ、そんなことか」

「ここへ来ても、あの……、誰も説明とか、してくれないんですよね」

「何の説明？」テーブルに広げた新聞を見ながら、彼はきいた。

「つまり、たとえば、どんな人たちがいるとか……、どんな任務についているとか、そんなこと、いろいろ……」

「知りたいわけ？」

「貴方は、パイロットですか？」僕は尋ねた。彼の服装からそれは明らかだったから、軽いジョークのつもりだった。

「俺はユダガワ」顔を上げて彼は言った。カメラのフラッシュみたいに一瞬だけのつくり笑い。「ここへ来て三年だ。オタク、えっと……、何ていった？」

「カンナミです」

「カンナミ君ね」湯田川は頷く。胸のポケットに片手を突っ込み、煙草とライタを取り出した。「あぁそうか、あんたか。噂を聞いたことがあるよ」

「ここ、パイロットは何人いるのですか？」僕はその話には乗りたくなかったので、別の質問をする。

「常時いるのは、このところは四人」

「僕を入れて？」

「そう……」

「このところ？」

「そう、このところ」

「たったの四人？」

「そう、たったの」火をつけた煙草を片手に持ち、湯田川は煙を細く吹き出した。「それと、麗《うるわ》しきクサナギ氏を入れて、飛べるのは五人だよ」

「でも、けっこう大きな基地ですよね、ここ」再び窓の外を見たが、談話室からは滑走路は反対側になって見えない。目の前は二階建ての宿舎、左手には格納庫と工場の一部、右手にはゲート、倉庫、鉄柵《てっさく》の向こう側には、道路を挟んで、平たい草原、そして鉄道の鉄橋が架かった川の堤防、さらに遠くには黒い森林、そんなものが窓の外で静止していた。動いているものは一つもない。今日は風もなさそうだ。午後は雨かもしれない。

　湯田川は煙草をくわえたまま、黙り込んで新聞をまた読み始めた。もう、必要な情報交換は終わった、ということだろう。

　しかたがないので、窓の近くまで行き、外を眺めていた。しばらくして、宿舎から草薙が出てきた。胸を張った姿勢の良い歩き方で、中庭を真っ直ぐに戻ってくる。僕は腕時計を見た。まだ五分も経っていない。煙草が短くなったので、吸殻入れの端で揉《も》み消す。もう一本続けて吸いたいと感じたけれど、これは自分が緊張している証拠だ、と自覚して、ゆっくりと空気だけの深呼吸。煙草は節約することにした。

　中庭に土岐野《トキノ》が現れ、こちらへ歩いてくる。服を着替えたばかりなのだろう。シャツのボタンも留まっていなかった。彼がオフィスへ入ってくるタイミングを見計らって、僕はロビィへ出た。

「おはよう」僕は土岐野に挨拶する。

「おはよう」彼は苦しそうに顔をしかめて返事をした。

「クサナギさんに起こされたんだね」

「あぁ、彼女だったか」土岐野は欠伸《あくび》をしながら頷く。「誰なのか認識する暇もなかった。ところで……、あんた、誰？」

「同室になったカンナミ」

「あぁ……」土岐野は少しだけ目を開けて、僕の全身を見た。「じゃあ、下のベッドを使ってくれ」

「もう、使った」僕は答える。

「そうか……、それは失礼」

　昨夜、土岐野は僕を見ているはずなのだ。彼は深夜に帰ってきた。バイクのエンジン音がして、近づいてくる足音が聞こえたので、僕は同室の同僚に挨拶をしようと思って、ベッドから出た。ところが、彼は疲れている様子で、僕の言葉にも黙って頷いただけで、そのまま服を脱ぎ捨て、さっさとベッドに上がってしまったのだ。無口な男だと思ったけれど、もしかしたら酔っていただけなのか、つまり、昨夜のことは覚えていなかったようだ。そんなに泥酔しているようには全然見えなかった。

「気分が悪そうだけど」僕はきいた。

「うん、良くはない」彼は答える。しかし、少し遅れて僅かに微笑み、軽く頭をふった。

「行こう」

彼は歩きだし、僕もついていく。階段の途中で、土岐野は一度だけ僕を振り返った。

「トキノだ、よろしく」彼は踊り場で片手を差し出した。僕よりもずいぶん大きな手だった。

2

散香マークBのコクピットは広くはない。躰が小さい僕にはちょうど良かった。初期型のマークAに比べると、形状的には、ボンネットが幾分低く、キャノピィの後方を脹《ふく》らませてある。これで前方も後方も視界が格段に改善された。この効果は絶大といって良い。

他には、マークAでは翼左右に二丁あった機関砲が胴体下部に移された。これは、翼厚を薄くするための苦肉の策だったと聞いたけれど、意外にも慣性モーメントが改善されたことで、もともと風車と呼ばれるほど良かったロール系の運動性に磨きがかかった。パイロットにはこの点が一番歓迎されている。一般に、飛ばない人間は、武器のカタログデータを重視し、飛ぶ人間は、操縦桿《そうじゅうかん》の軽さを第一に考える傾向にある。前者は、パイロットの腕のせいで飛行機が落ちると本気で心配しているし、後者は、飛行機の性能のせいでパイロットが死ぬことをいつも恐れている。このギャップは、飛行機が初めて空を飛んだときから、広がりこそすれ、狭《せば》まったことはない。

僕は、土岐野の後方やや上の位置をキープして飛んでいた。雲のため地上はまったく見えなかった。

下は真っ白、上は青く、真上に太陽。

背中から伝わるエンジンの振動も心地良い。大好きな周波数だった。マッサージをしてもらっているようなものだ。今朝、整備士の笹倉《ササクラ》から聞いたばかりの息継ぎは、まだ試していなかった。時刻は十三時十二分。

飛んでいるとき、僕はいつも音楽を聴くことにしている。

本当は他の音が聞こえなくなるくらいボリュームを上げたいところだ。でも、仕事のときはそうもいっていられない。もちろん、無線が聞こえなくては困るし、それ以外にも、音はとても重要な情報だから聞き逃すわけにいかない。エンジンや機体やフレームが発する異常音、操舵のリンケージ音、プロペラの羽音、計器の発するシグナル。だから、音楽は静かな方が都合が良い。その静かなメロディがトリガになって、これを乗り越えてくる音にさえ注意していれば良いのだ。

　どちらかというと喧《やかま》しい音楽の方が好きなんだけれど、これだけはしかたがなかった。たまに、たった一人で偵察飛行などに出かけて、任務を終了した帰路には、喧しい音楽を思いっ切り聴く機会もあるだろう、と考えて、その種のディスクも一つだけフライトバッグの中に入れてあった。今のところそんな機会はない。たとえばもう、どうしようもなくなって、なにもできなくなったときには、これを聴こう、と決めている。そのときには、ディスクが終わってしまわないうちに死ねたら良いな、と思う。

　下の雲は泡のように丸い。上の雲は灰色で平たい。その間を抜けるように真っ直ぐ飛ぶ。離陸してから、一度だけ土岐野の声がイヤフォンから聞こえてきた。ちょうどギアを格納し終わった頃で、雲に向かって緩やかに上昇している途中だった。

「まさか……、こいつが初めてってことはないよな？」彼は突然そうきいてきたのだ。

「こいつって……、任務？　それとも機体？」

「機体」

「マークBなら、初めてじゃない」僕は答えた。

「じゃあ、息継ぎは知っているよな？」土岐野がきいた。

「無線で話さない方が良いよ」

「ＯＫ」

それっきり、一度も交信はなかった。

ミッションどおり、西南西に向かって飛んだ。地上の気温は三十度近かったので、はやく上空へ上がりたかった、飛ぶのは一週間ぶりだ。空の太陽の眩《まぶ》しさは相変わらずで、でも、何故か少しほっとしている自分の顔がメータのポリカーボに映っている。ときどき自分のことを認識してやらないと。

いつの間にか、すっかり寒くなっていて、膝《ひざ》の辺りが冷たかった。でも体調は上々。

この機体に乗るのは、二カ月ぶりだった。

今まで乗った散香マークBの中では、極上の部類だとすぐわかった。まえに乗っていた奴が綺麗好きだったのだろう。機内は博物館に展示されている飛行機みたいにさっぱりとしている。つまり、写真を貼ったシールの跡も、イニシャルの引っかき傷も、なにかを数えたマークも、詩人のフレーズをもじった落書もない。それとも、あの笹倉という整備士が、掃除をしたのだろうか。否、それはありえない。整備士という人種は、コクピットには手を触れないものだ。人間の胃袋と同じで、彼らにとって、ここは機外なのだから。

そういえば、乗り込んだとき、人の臭いがしなかった。人工的な香料の臭いもない。その類《たぐい》が嫌いな僕には、これはとても具合が良かった。それだけで、この飛行機が好きになった。だいたい、人の飛行機に乗ると、いつも臭いで頭が痛くなるのだ。人の車、人の服、人の部屋、人のベッドよりも、人の飛行機が一番我慢がならない。何故って、途中で取り替えたり、外に出たりできないのだから。

土岐野の機体が翼を小さく二度振った。

降下するつもりだ。もうそんなに飛んだだろうか、と思って僕は時計を見る。

雲の中へと沈んでいった。スロットルを絞り、土岐野から少し離れることにした。機体が僅かに振動。軽い浮遊感。降下するときのこのなんともいえない感覚が僕は大好きだ。気持ちが良い。いろいろな関係が鈍くなるような、周囲が僕から離れていくような感じだ。どこまでも落ち続けたい、地球の中心へ向かって……。そんなことをいつも連想する。仲間のみんなは、上昇するときの背中にぐっとかかる加速度が好きだ、とよく話しているけれど、僕は反対だった。落ちていくときの方が、なにかから解放された気持ちになれる。きっと、生きている、という不自由さからだろう。生物にとって、それよりも大きな束縛はない。

「もしかして、死にたがっているんじゃない？」

そう言ったのは、誰だっけ？

そう……、天野《アマノ》だ。ふざけた男だった。奴が墜《お》ちたのはいつだったかな……。たしか、二年まえの夏。墜ちていくとき、無線でみんなにこう言ったんだ。

「食堂のおばちゃんに、天野の野郎は逃げたって、言ってくれ」

思い出して、笑えてきた。そんな上等なジョークが言える男じゃなかったのに、きっと考えに考えていた最上のネタだったのだ。

雲の中を抜けた。黒い森がうっすらと見えてくる。天野もきっと、こんな黒い森を見たのだな、と僕は思った。真っ直ぐに、地球が近づいてくるのに、穴が開いていないのが不思議だ、なんて考えただろうか……。

雲が消えたので、すぐに土岐野の機体を探した。僕より上にいた。かなり離されている。また翼を振っていた。僕のことを気にしているようだ。僕はまたくすっと一人で笑う。案外世話焼きなんだ。余計なお世話だよ、と思う。

森の上をしばらく飛ぶ。次に大きな川が見えてきた。ここで高度を落として、川に沿って上流の方向へ進路を変える。両側は平たい草原。遠くには農地か牧草地。白い家屋がぽつんぽつんと見えた。ただし、小雨のせいで霞《かす》んでいる。遠くは見通せない。

この先にダムがあって、湖に出るはずだ。その近辺に偵察対象がある。基地を飛び立ってほぼ一時間。

僕の神経の八割は上空に集中していた。下を見るのは土岐野の役目だ。

キャノピィは濡れている。横を見ると、主翼の先端に白い水蒸気の帯ができて、後方へ流れていた。

さらに高度を下げる。大雨のあとだろうか、川は増水しているようだった。土色の水面が近づく。両岸の堤防よりも僅かに高いくらいまで下りた。橋があったら危険な高度だ。スロットルはほとんど絞っていない。押さえていないと、対地効果で機体は浮き上がろうとする。キャノピィに当たる水滴が増したような気がした。唾を飲み込むと、急に音が大きくなる。

僕の右前方に土岐野機。コクピットの中の彼は曇って見えない。

山が迫ってくる。川の幅がしだいに狭くなる。

エンジン音は一定。軽やかだ。腕の良い整備士がいる、という証拠。何が大切かって、腕の良い整備士よりも大切なものはこの世にない。恋人にしたって損はないだろう。土岐野機の羽音と同調していた。滑らかな音。手触りの良い毛布みたいにするすると心地良い音だ。

上空後方を何度か振り返った。幸い、空は眩しくない。周囲の土地がしだいに高くなっていた。黒い森林が成長し、盛り上がってくるようだ。どんどん太古へと歴史を遡《さかのぼ》っているみたいな錯覚。もう、近くには人家も道もない。

川は緩《ゆる》やかに右手へカーブする。

主翼を傾ける土岐野。僕も右翼を下げた。こういうときには決まってボブスレィをしているような気持ちになる。もちろん、実際には、スキーさえしたことがない。雪の上を飛んだことはあるけれど、この手で雪に触ったことは一度もない。墜ちるなら、雪の上が良い、なんて仲間たちは口を揃えて言う。どうしてなのか、雪を知らない僕には理由がわからない。

下げている主翼の先には、泥色の水面。中州の砂の方が白い。

予定どおり、ダムが前方に見えてきた。

白いものだと想像していたのに、思っていたよりもずっと黒かったので少し驚いた。幾筋か、真っ黒の縞《しま》模様が縦方向に入っている。僕はスロットルをほんの少しだけ押し上げる。操縦桿を一瞬、僅かに左に押して、翼を水平に戻した。

土岐野が上昇を始めるのを、僕は待った。

まだ、水平飛行。しかも、機速は増していない。

もう、三百メートルほどになった。

そろそろ引き起こすだろう。

ところが、土岐野はなかなか上昇しない。どんどん、ダムが迫ってくる。僕は左右の地形を確認した。左右に旋回するには、幅が狭過ぎる。

まだ、真っ直ぐ。

まさか、寝てるんじゃないだろうな、と僕は一瞬思った。

今朝の土岐野は二日酔いみたいだったから……。

もう、駄目だ。

今が限界。

僕が操縦桿を引こうとしたとき、土岐野は僅かに右翼を下げた。エンジンの回転を上げたのだ。その反動トルクで機体が傾く。

僕も、スロットルを一気に押し上げた。

土岐野が機首を上げる。やや右方向に傾いたままだ。反動トルクを計算していたのだろうか。斜めに上昇するつもりだ。

もちろん、息継ぎのことを思い出していた。

スロットルにかかった左手に力が僅かに入ったけれど、僕はそれを信じて、手を離した。

それって、何だ？

何を信じたのだろう、と少し遅れて思う。

エンジンは数秒で吹き上がった。途中で一度息継ぎをする。とても短い時間で、たしかに人間の操作では無理なインターバルだった。見事だ、と僕は思った。

エンジンは狂ったように高鳴る。

機体が振動する。

機首から白い水蒸気の帯が出る。

加速度を背中に感じ、曇った空を目の前に見て、こんなときなにも願わない自分を不思議に思う。

コンクリートのダムを登っているような急角度だった。

機速はだんだん落ちてきたけれど、なんとか上昇を続ける。たしかに、こいつは重い。もうほんの少しだけエンジンが強力だったら、こんな気持ちの悪い時間も少なくなるだろう。

ダムを乗り越え、そのまま上昇を続けた。もちろん、角度はずっと緩く修正。

機体を振って、湖面を見る。

遠くの水面は緑色だった。ずっと奥まで続いているようだ。

右手に道路。その向こうに鉄道を発見。

さらに奥に工場。

僕はそちらを眺めながら、上昇した。

機速が不足するまえに、思いっ切りエルロンを切って、背面に入れてから、もう半ロールで水平に立て直す。

深呼吸。

土岐野機が僕よりも少し高いところで、まだ背面で飛んでいた。

もう一度、目標を見下ろす。

動いているものは見つけられない。人影もない。自動車もなかった。

今のところ、下からは撃ってこない。あれは本当に嫌なものなのだ。

攻撃がないということは、目標に、なにもなかった証拠。

それを確認するために来た、というわけである。

いつも感じるのだが、こうした偵察任務では、なにもない方が、ほっとするはずの道理なのに、何故か、残念だな、と思う自分がいることに気づかされる。好戦的な僕が、操縦桿を握っている右手の付近にいるみたいなのだ。こいつをぶっ放したかったのに、とそいつは毒づくのだ。手袋を取って、顔を見てやりたい。

大きく旋回しながら、工場の方へ戻った。土岐野も、今は普通に飛んでいる。この機体は背面で十秒以上は危険なのだ。燃料系がついてこられなくなる。人間よりもひ弱なメカニズムが載っているということは、それに乗っている人間には喜ばしい状況といえるだろう。

観察した限り、工場は稼動しているようには見えなかった。鉱物を処理している施設とだけ聞いている。長いベルトコンベアがあったけれど、動いているかどうかは確認できない。

「帰るか?」土岐野の声が無線から聞こえた。

「OK」僕は答える。

横を飛ぶ土岐野機のコクピットを見てから、僕は上空後方を振り返った。

そのとき、雲の灰色の中に浮かんでいる黒い点を三つ発見した。

3

かなり近かった。相手の機速は充分だ。最初の一撃はかわす以外にない。

土岐野機が右へ旋回したので、僕は左へダイブ気味に逃げた。フル・スロットルで湖面を嘗《な》めるように飛びながら、手近に逃げ込めるところを探した。安易に上昇して機速を失ったらおしまいだ。

後方を何度も振り返る。

敵機は何だろう。

まだ、撃ってこない。上から来るつもりだろうか。

雨が少し強くなった。これは僕たちにとってはラッキィだ。

機体はエンジンの振動で微動していたけれど、今のところ異状はない。油圧と燃料のメータを順番にチェック。増槽を切り放す準備をする。

もう一度後ろを見た。まだ近くには見えない。

ゆっくりと深呼吸。

音楽を消す。

「さて、いくか」僕は呟《つぶや》く。

肩の力を抜き、

腰を少し浮かして、

シートに正しく座り直す。

ゆっくりと、

膝を動かす。

その間も、周囲を見回した。

僕の前方、水面で魚が跳ね上がる。否、そうではない、相手が機銃を撃ったのだ。音が遅れて聞こえてきた。やはり、上からきた。

増槽を切り放し、その反動にタイミングを合わせて、僕は操縦桿を引いた。

ロールをしながら上昇。舵は切っていない。トルクに任せて、機体を回転させる。こうすれば死角はない。相手の位置が確認できた。

残念ながら二機だ。

撃ってきた。

突っ込んでくる。

さきに来る相手の方へ機首を向けて、投影面積を小さくする。

しかし、既に撃つ距離ではなかった。

一機がすれ違う。

続けて、もう一機来る。

仲が良いみたいだ。

結局、ろくな攻撃は受けなかった。

水平のままスピンに入れる。

一機は下へ行き過ぎて、ターンしようとしていた。こういった一瞬のブレーキミスが命取りなんだ。もう一機は素早く上昇し、既に第二波の体勢を整えようとしている。そっちの方が腕が良い。機体は、どちらも双発のレインボウだと確認。低空での機速は向こうの方が上だ。勝てるのは旋回性能。だけど、機速と旋回性能といえば、バナナの皮と身のような関係で、ようするに剝《む》いてしまえば、中身だけあれば充分。

さあ、来た。

もう一機は、下でもたついている。今のうちに逃げれば助かるのに。

左反転。

珍しく笛のように風が鳴る。綺麗な音だった。

撃ってきた。

スロットルを切って、エレベータを思いっ切り引く。歯を食いしばって加速度に耐《た》えて、数を三つ数えてから、エンジンを吹き上げる。機体は上を向いた状態で一度失速し、バク転したかのように、翻《ひるがえ》る。これができる奴は滅多にいないし、これに耐えられる機体も少ない。

好戦的な僕の右手が、機銃のロックを外していた。

「撃っても良いかい？」ときいてくる。

右足を踏ん張って、ラダーを切った。機体は斜めにスライドしながら落ちていく。そこで、計算どおり上から来た相手とすれ違う。相手はフラップを下げている。ブレーキをかけたつもりだろうけれど、少々スピードが早過ぎたよ、とアドバイスをテレパシィで送りつつ、反対の左を見て、下のもう一機を確認しながら、僕は息を止める。

「撃って良いよ」

右手が撃つ。

エルロン左、フラップ・ダウン、エレベータ・アップ。

左へ離脱。

この隙《すき》に急上昇。高度を稼ぐ。

当たったはずだが、相手は飛んでいた。ダメージはなかったようだ。少しはびびってくれたら儲《もう》けものだけれど。すぐにそっちは見えなくなった。

のろまの一機が旋回しながら、上昇してくる。もしかして、怖がっているのだろうか。

まさかとは思うけれど。

こちらもさらに上昇。

雲の中に逃げ込もうか。否、それはちょっと厳しい。届かないだろう。それに、そんな安全策の必要もない。逃げ込むと見せかけて、反転する方針に決定。

メータをチェック。エンジンは快調。

振り返って、じわじわと後ろにつこうとしている相手を確認。わざと振幅を抑えて後ろにつかせてやる。もう一機はまだ見えなかった。問題はそっちだ。上がってこないのは、何かダメージがあったせいかもしれない。

あと四秒で相手は撃つ。

一、二、三。

右に反転。

同時にラダーもいっぱいに切った。

スナップ・ロール。

目の前に一瞬相手が来る。

右手が短く撃った。

左手がスロットル・ダウン。

両足でラダーを反転。

トルクで振り切ってストール。

やっと、もう一機が来た。

そう、そうこなくっちゃ、真打ちなんだから。

右へ反転。機首を下へ向けた。

振り返る。

のろまな一機は、どこへ？

僕はまだ回りながら落ちている。

この間に方々を眺めた。遠くも見たけれど、土岐野機は見えない。ダムからの距離も把握できた。下方に、一機を見つけた。何をしているのだろう？

機体が軋《きし》む。

黒い煙が一瞬だけ通り過ぎる。

誰の煙かな。僕のじゃない。

左翼を下げて正常な旋回に入る。

ようやく呼吸ができる。

相手を二機とも確認。黒煙はどっちの機体だ？

スロットル・アップ。

エレベータを引く。

「さてと……」

大きく息を吸う。

そして止める。

左に反転。

上昇してくる相手の前方へ出る。すぐに右に反転。

撃ってきた。

ダウン。

ロール。

フル・フラップで小さくループ。

相手の動きに明らかに精彩がない。きっと、どこかにダメージがあったのだろう。最初に僕が撃ったときだ。

もう勝負はついていた。

下から相手の腹を見る。

ファイア。

右旋回で離脱。

火を吹いている相手を確認。

もう一機ののろまな方を探す。

念のため上を見る。次に背面になって、下を探す。

黒煙を引いて、湖面すれすれを飛んでいた。こちらもさっき撃ったのが当たっていたみたいだ。結局、両方とも最初に勝負がついていた。一応、周囲を見渡す。他に誰もいない。

エレベータを引いて、そのまま急降下。

途中で、火を吹いている方の一機が湖面に墜ちるのが見えた。脱出はなかったようだ。

可哀相に、という言葉は思いつく。けれどたぶん、僕はそうは思っていない。まるでケーキの上に描かれたチョコレートの文字のように、思ってもいない言葉だ。

人が乗っていても、乗っていなくても、墜ちていくのは飛行機であって、その飛行機の内臓まで考える暇なんてない。

黒煙を吐き続ける機体に後方から接近した。機速が落ちて、格好の標的だった。すぐに追いついてしまう。

右手が撃とうとしたとき、相手は右翼を下げ、湖面に接触した。水しぶきが上がり、ブーメランのように機体が回転した。

近くで旋回して、それを確認。最後は機首を水面下に沈めて止まった。いつまで浮かんでいるだろう。コクピットの中で動いている様子はない。キャノピィは既に半分水に浸かっていた。もしかしたら、僕がいなくなるのを待っているのかもしれない。

その場を離れ、ダムの方へ向かった。機首を上げて緩やかに高度をとる。

「僕が誰だか、知らないんだ」独り言を呟く。たぶん、右手がしゃべったのだろう。

額から汗が流れている。

僕はゴーグルを一度外して、左手で目を擦《こす》った。

燃料、油圧、油温をチェック。それから、一応、各舵を軽く振って確かめた。機体に異状はない。後ろで唸《うな》るエンジンも相変わらず快調だった。息継ぎの改造は見事だった、と整備士の彼に伝えなくては、と思う。良い機体に当たったことが嬉しかったし、なにもかもが気持ちが良い。

偵察場所の工場の上を飛んで、ダムの下流側へ出る。

土岐野機も敵機も見当たらなかった。雨のため視界はかなり悪い。

最初にここで急上昇したのは、もしかして、土岐野が僕を試そうとしたのだろうか、それとも、息継ぎの特性を確かめさせたのか。そもそも、この改造は土岐野機にも施されているのだろうか。

いずれにしても、あのとき、タイミングを知っておいて良かった。その直後に敵が現れたのだから。スロットルを気にせずに動けたことはとても大きい。機体が十キロ軽くなったようなものだ。

もう帰るだけだった。前方からは敵は来ないはず。

僕は雲の上に出ることにした。

「おい、無事か？」土岐野の声がイヤフォンから聞こえた。

「いるよ」僕は応える。

「どこだ？」

「目標から離脱、南に向かっている。まもなく、ポイント2に接近」

「了解、上で待っている」

土岐野も無事だったようだ。先にいるらしい。

しばらく雲の上を真っ直ぐに南へ向かう。数分で土岐野機を発見した。

「食らったか？」土岐野がきく。

「いや、全然」僕は答えた。

「何機やった？」

「二機」

土岐野は自分のことは話さなかったけれど、きっと彼の方が大変だっただろう。三機のうち一番上手《うま》い奴が一機で向かってきたはずだからだ。

余分なことを言わない奴は好きだ。もしかして良い奴かもしれない、と僕は同僚のことを評価した。

燃料を三十パーセント以上残して基地に着陸したのは、十五時四十四分だった。

4

草薙は特になにも言わなかった。ポストに手紙を投げ込む郵便職員みたいに、上手くいっても、いかなくても、こんなことは日常だ、という感じの澄ました表情だった。きっと、そのとおりなのだろう。まえにいたところよりも、こっちの方が前線なのだから。にやにやと笑って嫌らしく肩を叩かれて褒《ほ》められるよりも、ずっとましだ。

草薙のデスクの前に土岐野と二人並んで座り、簡単に状況を報告した。

「あの、ダムを爆撃するつもりなのかな？」土岐野がきいた。そういった質問は、本来禁止されている。

「いえ」草薙は首をふった。当然ながら、それ以上なにも言わなかった。

どういうわけか、彼女は最後まで僕に声をかけなかった。新しい飛行機の具合はどうだ、とか、なにか希望は、とか、社交辞令でなにかありそうなものだが、全然なし。多少拍子抜けしたけれど、考えてみたら、この方が僕も嬉しい。なんだか、気構えていて損をした感じだ。

シャワーを浴びて、食堂へ下りていくと、土岐野がビールを飲んでいた。彼はまだ着替えてもいなかった。ついさきほど、エンジン音が聞こえたので、誰かが飛び立ったあとだということがわかった。パイロットは四人だと話していたから、僕たち以外の二名が飛んでいるのだろう。日が暮れかかっている。夜間の仕事は気が重いけれど、手当てはその分高いし、敵に遭遇する確率も低いから、割りは良いって考える奴も多い。

　僕はもともとそんなに飲む方ではない。どちらかといえば、アルコールには弱いといっても良い。だけど、新しい配属先で、初日の仕事で三機を撃墜、しかも自機で二機、そのうえ、同僚は既に飲んで待っている……、そんな状況下において、飲まないなんて、北極探検隊のソリに縛られた荷物くらい気が利かない、と言われてもしかたがないだろう。もちろん、アルコールの味が嫌いだ、というわけではない。酔うのも好きだし、それに、いろいろなことを忘れることが、僕には必要だから、なにも思い出さない時間をアルコールで作り出す行為には、それなりに意味があることも知っている。熱帯魚の水槽の泡のようなものだ。ぶくぶくと、ただ上がっては消えていく。気持ち良く生きていくために、上手なやり方だとも思う。でも、生きていること自体が、大して気持ちの良いものではないことは明らかで、それにどんなに泡をぶくぶくしたって、結局のところ、大差はないことも確かだ。飲む奴は例外なくそれを知っているものだ。

　僕は冷蔵庫からビールを出して、グラスを片手に、土岐野のテーブルまで近づいた。

「近くで飲んでもかまわない？」僕は礼儀正しくきいた。

「既に充分に近い」土岐野は口を斜めにする。

「射程内？」

「冷蔵庫のやつ、ちょっと弱ってねえか？」

　空のビールが三本あった。しかし、彼の表情には、酔っている兆候はまったく見当たらない。

　僕はグラスにビールを注ぎ、それを一気に半分ほど飲んだ。

「いや、しっかり冷たい」僕は、その瓶の中身を彼のグラスに注ぎ入れる。

「そうか……、頼もしい相棒で、助かるな」土岐野が静かに言った。「どうやって二機も落とした？　俺なら振り切って逃げてる」

「お世辞？」

「おい……」彼は片目を瞑《つむ》る。

「そっちも早かった」

「まぐれだよ。相手が素人《しろうと》だっただけだ」

「謙遜？」

「そう……」土岐野は頷く。「謙遜か、久しぶりに聞く単語だ」

「こちらも同じ。二機ともビギナだった」僕はビールを流し込んで、溜息をつく。「プロだったら、今頃、泳いでる」

「泳げるのか？」

「いや、泳いだことはない」僕は笑った。「水は嫌いだ。凍ってる奴も好きじゃない」

「冷蔵庫も嫌いか？」

「うーん」僕は冷蔵庫を振り返る。「彼女は、まあまあかな」

「色白で、グラマだ」

「ビール、もっと持ってこようか？」

「そうそう、水は発酵している奴が一番好きだな」そう言うと、土岐野はビールをグラスに注ごうとした。しかし、それは既に空っぽの瓶だった。「ちぇ」彼は舌を鳴らして立ち上がり、冷蔵庫へ行く。僕の話を聞いていたのだろうか。

「まえは、どこにいた？」土岐野が冷蔵庫を開けながら、僕を見た。

「さあ……」僕は微笑む。「お袋の腹の中かな」

土岐野はますます口を斜めにして、一度天井を見た。ジョークがわかってもらえて光栄だ、と僕は思った。初心者用のやつだから当然だ。

「今夜は、これが最後だ」彼はビール瓶を持って戻ってくる。

「僕はもういいよ」

「遠慮してるのか？」

「遠慮？　懐かしい単語だね」

土岐野は、僕よりも髪が長い。躰もずっと大きい。手も大きいし、ごつごつしている。

なんだか、骸骨のようだ、と僕は思った。

「撃っている瞬間は、気持ちいいか？」グラスに一度口をつけてから、土岐野はきいた。

「どうして？」

「自分の撃った弾が、相手に吸い込まれていくみたいな気がしないか？」

「いや」僕は答える。天井を見ていた。「撃っているときは、僕は相手を見てない」

「見てない？」土岐野は眉を顰《ひそ》める。

「時間の無駄だから」グラスの残りのビールを僕は飲んだ。

「お祈りでもしているのか？」

「いや……、次の敵を探している。弾筋《たますじ》を見ている時間があったら、後ろを見ていた方が良い。その方が得だ」

「ふうん、そういうもんか……」彼は頷く。「それはいいな。たしかにそうだ。今度から見習おう。だけど、学校じゃそんなふうには習わなかったよな。じっと敵を睨んでいろ、と教えられただろ？　そういったちょっとの執念が勝敗を分ける、なんて書いてなかったか、マニュアルに」

　そんな精神論が書かれているはずがない。

「当たらなくったって良いさ」僕は溜息をついた。「相手が撃ってきさえしなければ、かまわない」

「意味のわからんことを言うな」

「そうかな……」

この仕事を続けてきて躰が自然に覚えたことが幾つかある。その中でも言葉で表現できる数少ない方法の一つだった。撃とうと思ったときには、既に次の目標を見た方が良い、ということだ。言葉にすると実に簡単。つまり、今から弾をぶち込む相手を眺めている時間は完全な無駄なのだ。その隙が危険でさえある。これに気づいてから、僕はとても楽になった。空中戦をしているとき、慌てなくなった。動きが止まらず、すべてがスムーズに流れるようになる。結果として、疲れないし、ストレスも減るのだ。僕が編み出した極意といっても良いのだけれど、誰に話しても、たいていは真に受けてもらえない。

「今夜、出かけるつもりはないか？」土岐野は急に話題を変えた。他に誰もいないのに、僕に顔を近づけて低い声で囁《ささや》くのだった。

「どこへ？」僕は尋ねる。もちろんだいたいの見当はついた。

「一応、案内するのがさ……」彼はそこで言葉を切る。

「何？」

「つまり、俺の役目かなって」

「昨日の夜もそこで？」僕は尋ねる。

「いや……」土岐野は首を一度だけふった。でも、彼の目はしばらく僕を睨んでいた。

5

外出許可はすんなり下りた。土岐野の大型バイクの後ろに乗せてもらい、基地から街へ向かう真っ直ぐの道路を走った。フライト・ジャンパを着てきたけれど、躰が空冷されて、とても寒かった。でも、躰が冷たくなるのは、死に近づくみたいな恍惚《こうこつ》が味わえて、嫌いじゃない。

途中で、堤防に上がり鉄橋を渡る。この辺りの川には、水はほとんど流れていない。背の高い雑草が生い茂る草原が、橋の下に広がっているだけだ。風が吹くと、それが波のように動いて、水面の真似をしているみたいになる。

僕はゴーグルと革の帽子を被っていた。顎《あご》にベルトが当たって、痕《あと》がつきそうで気になった。

空は紺色。月はオレンジで、右手にゆらゆら浮かんでいる。そちらへ旋回して、撃ち落としたい衝動に駆られた。どんな乗物でも、つい後方を確認したくなる。振り向こうとする自分を、今はそんな必要はないのだ、と幾度も言い聞かせなければならない。

土岐野のバイクのエンジンは直列の二気筒だった。僕はこんな大きな二輪を運転したことはない。横倒しにでもなったら、きっと僕の腕力では起こせないだろう。カムの音が心地良い高周波の響きでセクシィだった。まだまだ余裕のありそうな滑らかな回転で、ときどきパイプの中で軽く駄々を捏《こ》ねる排気音が可愛らしい。

　黄色のネオンが眩しいドライブインの駐車場へバイクは滑り込む。辺りには平屋の家屋が数軒。土岐野のバイクが静かになると、虫の声がしーんと耳に入ってきた。店の入口付近には、じいじいと唸《うな》る殺虫機が光っていて、ぱち、ぱち、と撃墜する音がたまに鳴っている。巨大なトレーラを引くトラックが道路の反対側に駐《と》まっていた。駐車場には入れない大きさだ。こういうのが近くにいると、なんだか、空から狙われそうで恐い。

「ここは？」僕はゴーグルを外してきいた。

「ミート・パイが美味《うま》いんだ」土岐野は言った。「腹は減ってないか？」

　アスファルトから一段上がった煉瓦《れんが》のテラスに、汚い身なりの老人が腰掛けている。紙袋に入ったままのボトルを握って、こちらをじろじろと睨んでいた。

　ガラス戸を押して中に入ると、店内は煙草の煙とスロー・テンポのロックが充満していて、両者の混合比は、四対六といったところか。ちょっとした圧力を感じた。カウンタの中に立っている老人に、土岐野はなにか小声で話しかける。それから、僕に目で合図して、右手の奥の方へ入り、コーナのテーブルまで行き着いた。ガラス越しに、ネオンで黄色に染まったテラスと、対照的に真っ黒な駐車場が見える。道路の大型トレーラはほとんどシルエットだ。

どこにいたのか、白いエプロンの女が現れた。テーブルの横に立って、メモ用紙を捲って鉛筆で文字を書く用意。言葉をしゃべらずに、注文を取りにきたことを示すにはわりと的確なジェスチャだった。

「俺はビール、こいつにミート・パイ」土岐野が注文する。

「コーヒーを」僕は煙草に火をつけながら言った。

彼女は黙って文字を書く。

書き終わると、また僕たちを見て、目を大きくした。

「それだけ」土岐野が言う。

ウエイトレスが行ってしまうのを待って、僕は小声できいた。「ここが、案内すべき店？」

「ここは、ポイント1だ」土岐野は鼻息をもらす。それから、後ろを振り返って店内を一度見回してから、こちらを向いた。「ものごとには手順ってものがあるんだ。外で飲んでいた爺さんを見ただろ？」

「うん。酒を飲んでいた。なんで、中に入らない？」

「あれは、水なんだ」土岐野も煙草を取り出した。「もう、水だって酒だって同じってこと。道路をなにかが通るってさ、ずっとああして待っている」

「何が通る？」

「さあ……」煙を吐き出してから、土岐野はマッチを灰皿に投げる。「神様かも」

「幸せな人生だ」僕は微笑んだ。

「少なくとも、俺たちよりはな」土岐野が言った。

どこの街にも、なにかを待っている老人がいるものだ。どういうわけか、子供はなにも待っていない。僕は、なにかを待っているだろうか。否、やっぱり、待つものなんてない。つまりは、子供だってことだ。そう……、文字どおり子供だ。きっと、ずっと、このままだろう。賭けたって良い。

飲みものとミート・パイが運ばれてきた。大き過ぎるプラスティックの白い皿に、パイはのっていた。昨夜からそこにのっていたみたいに恐ろしく落ち着いているんだ。コーヒーは知性と熱さが多少不足していたけれど、苦さは充分。どちらかっていうと、これが、僕の好みだった。

カウンタの中に並んだボトルを眺めていたら、その近くのミラーに、知った顔が映った。この街に知合いはいないはずだから、僕は少しびっくりした。

店に入ってきたのは、整備士の笹倉だった。グレィのジャンパの襟《えり》を立てて、白いキャップを深く被っていた。恐竜のように顔を前に突き出して、こちらへ歩いてくる。

「やあ……」ポケットに手を突っ込んだまま、笹倉は僅かに笑った。ひきつった表情にも見える。ウインクしたようにも思えた。もしかして顔面の神経が麻痺《まひ》しているのだろうか。

だけど、僕の錯覚かもしれない。

「調子が良かったよ。抜群だった」僕は彼に言った。「お礼を言いにいこうと思ったんだけれど、工場にいなかったね」

「寝ていた」笹倉は答える。「増槽がなかったし、それにカウリングが……けれど……」

最後のところは何と言ったのか、よく聞き取れなかった。音楽が煩《うるさ》かったわけではなくて、彼のしゃべり方の問題だ。

「猫が三匹」土岐野が答える。「ここ、座ったら？」

「いや、もうすぐ、連れが来るから、いいよ」笹倉は表情を変えずに土岐野に言う。「そっちは、どんな感じ？」

「こっちも、連れを待っているところ」

「そうじゃない。エンジンのことだよ」笹倉が片目を少し細くした。

「あぁ、なんだ、エンジンか」

「中速で、少し甘めじゃなかったかい？」

「あんなもんだな」土岐野が答える。

「甘めか、絞り過ぎか、どっちだ？」

「今日の天気じゃ、わからないね。もうしばらく、調子を見るよ」

「そうしてくれ」笹倉は答える。彼は、僕を見た。「あんたも、連れ待ち？」

「さあ……」僕はわざとオーバに肩を竦《すく》める。

「猫が三匹だ」土岐野が笑いながら言った。

笹倉は店の反対側へ歩いていく。L字型になっているので、向こう側は見えなかった。彼の連れがどんな人物なのか、少しだけ気になったけれど、二秒で僕はその興味から離脱して、視線を外へ向けた。笹倉がどうやってここまで来たのか確かめたかったのだ。バイクか車のはずだけれど、駐車場にはそれらしいものはなかった。第一そんな音を聞いていない。

「まともな奴だ」土岐野が言った。笹倉に対する評価だろうか。

音楽がブルースに変わっていた。

6

駐車場に大きなセダンが乗り上げてきた。ボンネットだけでリビングルームくらいありそうな幅の広さで、後方には垂直尾翼みたいな飾りがあった。なんの役にも立たない馬鹿馬鹿しいデザインだ。降りてきたのは、若い女が二人。黒い短いスカートと、白いロングのワンピース。土岐野がそちらを見て、表情を変えたので、僕も理解した。案の定、二人は店に入ってくると、土岐野を見つけて、こちらへ近づいてくる。

「こんばんは、ナホフミ」黒いミニの方が胸の前で両手を広げて挨拶する。銀の指輪が幾つか光った。

白いワンピースの子は、僕を睨みつけるようにして立っている。

「こいつは、新しく来たカンナミだ」土岐野が言った。

「元気？　カンナミ」黒の彼女が微笑む。

「いつと比べて？」僕は口もとを少し上げて答えた。

黒いミニの子は、名前をクスミといった。ストレートの髪が長くて、チョコレートみたいな顔だ。もう一人の白いワンピースの子は、フーコ。髪はピンクで短い。胸元にフクロウの入れ墨をしていた。声がハスキィで、最初は風邪をひいているのだろう、と思ったくらいだ。

彼女たちはビールを飲んだ。小さな緑のラベルで、見たこともない銘柄だった。三曲くらい聴いたところで、土岐野が立ち上がって、店を出ることになった。僕を制して、彼はレジで金を払った。そして、僕にきいた。

「どうだった？」

「何が？」

「ミート・パイ」

「あぁ……」僕は頷いた。「そういえば、だいぶまえに食べたことがあるよ」

土岐野は大笑いした。僕の後ろにいた彼女たちもくすくすと笑った。僕がジョークを言ったと思ったようだ。そうではなくて、僕は、ずいぶんまえに本当にミート・パイを食べたことがあったから、それが、今夜のミート・パイとよく似ていた、と話そうとしただけだ。物事には順序というものがあって、それを順序どおり丁寧に説明しようとすると、たいていは上手くいかない。だけど、ミート・パイなんてものは、だいたいが、負けたボクサみたいに潰《つぶ》れているわけだし、変わりようがない代物かもしれないんだ。僕は、彼らに知識を分け与えることから早々に見切りをつけて、いろいろな思い出を探すことも諦めた。今夜はそんなことをしたい気分じゃない。

　そのでかいセダンに僕たちは乗り込んだ。どうしてこんなに幅の広い車を作ったのだろう。まったく、設計者の気が知れない。運転席にクスミ、助手席に土岐野、後部座席に僕を押し込んでから、フーコが座った。道路に出るまでに、フロントと腹とリアを一度ずつ地面に擦りつけて、おまけにタイヤを鳴らして、マフラで派手に爆発音を鳴らしてから、車はじわじわと加速した。セレモニィが多過ぎるうえ、実《じつ》が伴っていない。七百馬力くらいあるのかもしれないが、なにか秘密のことに使っているのだろう、と僕は思った。たとえば、後ろでスクリューが回っているとか、腹の下で丸いノコギリが回転して道路を切断しているとかだ。エンジンの音は八気筒っぽかった。しかし、クスミがカーステレオに手を伸ばしスイッチを入れた途端に、大気圏に突入したみたいになにもかも音が聞こえなくなった。

道は真っ直ぐ。両側には忘れた頃に明かりが通り過ぎる。そのライトの周辺だけはぼんやり紫色だった。腹に響くドラムの音がスピーカを壊し始めている。僕に身を寄せるフーコの香水で、頭が痛くなりそうだった。彼女のフクロウがずっと僕を睨んだままで、以前にいた森の静けさを呪っていた。

道を逸《そ》れて森の中に突っ込み、最後は石畳の坂をどろどろと登っていった。両側に立った四角い石柱の間に細い鉄柵がある。ヘッドライトの光の中で、それが向こう側にゆっくりと開いた。そこから先もしばらく森だった。誰も口をきかない。僕はウインドウから入る新鮮な空気を吸っていた。もちろん、新鮮だと騙されているだけかもしれない。ライトアップされた屋敷が現れて、そのエントランスに車はカーブして乗りつける。金持ちの別荘みたいだった。まえに映画で一度だけ、こんな屋敷を見たことがある。ラストシーンでは火事になってしまうやつだ。

「どうだい？」後ろを振り返って土岐野が尋ねた。

「何が？」僕はきき返す。

「ここにも、だいぶまえに来たことがあるだろう？」土岐野がそう言って笑った。ジョークのつもりだろう。

「どうかな」一応少し笑い返してやった。

車から降りて、わざとらしく正装したドアマンが開けてくれた大きなドアからロビィに入る。吹抜けの二階から手摺《てすり》越しに、女たちが三人こちらを眺めていた。心の中で、僕は機銃を撃って、三人を瞬時に片づける。ロビィの右手には、絨毯《じゅうたん》を敷き詰めたスペース。奥まで続いている。先は暗くてよくわからなかったが、カウンタ・バーの一部が見えた。人の声も聞こえてくる。

僕は煙草を取り出して火をつけた。車の中では一度も吸わなかった。このときにはもう、なにも考えるのをやめていたし、そうすることができるのが、自分でも不思議だと感じた。

「また、あとで」土岐野が囁いた。

「あとで、何？」

「無事だったら、一緒に帰ろう。それが、俺たちの関係ってやつだからな」

「無事じゃないことがある？」僕は一応きいてみた。顔は笑っていなかったと思う。

「フーコが話してくれるよ」

「何を？」

「聞いてやりな」

「どうして？」

土岐野は答えず、クスミと縺《もつ》れるようにして、階段を上がっていく。

「なにか飲む？」フーコが僕の横に立っていた。

「アルコールじゃないものなら」僕は答える。

「ジュースとか？」彼女は目を丸くする。なにかに驚いたようだ。「何がいい？」

「野菜以外」

「野菜？」フーコは白い歯を見せて笑った。

片手を立てて、待っているように僕に示してから、彼女は奥へ歩いていった。

ロビィに残された僕に向かって、二階にいる女の一人がなにか言ったけれど、残念ながら言葉が通じない。きっと、僕に撃たれたせいだろう。その隣にいる女は両肘を手摺について、頬を両手で押さえつけていた。もう一人は階段の途中まで下りてきて、そこで座って脚を組む。新しいストッキングを僕に見せたかったのかもしれない。でも、ストッキングの性能に関しては僕はほとんど知識がない。

「スイトさんは？」階段に座っているその女がきいた。

ちょうど吸殻入れがそちらにあったので、僕は階段の方へ少しだけ近づいた。灰を落としてから、階段の女をもう一度見る。

「スイトさんって？」僕はきいた。

女は笑って答えない。

草薙水素のことだろうか。他にその名前の人間を僕は知らなかった。今朝初めて見た彼女のデスクを思い出す。あんなに正確無比なデスクも珍しいだろう。まるで空母みたいだった。

フーコが戻ってくる。赤い液体が入ったグラスを片手に持っていた。

「トマト？　悪いけどトマトは苦手なんだ」

「いいえ、オレンジ」

「オレンジ？」

僕は驚いたけれど、恐る恐る口をつけてみたら、本当にオレンジの味がした。階段の彼女が笑っている。

「トマトが恐い？」フーコは面白そうな表情で首を傾《かし》げた。

「トマトは野菜だ」僕は答える。

フーコはくるりと背中を向けて階段を上がっていこうとする。途中に座り込んでいた女に、「邪魔だよ」と告げる。振り返って僕を見たので、あとについていく。階段の壁際に退いた女は、通り過ぎる僕に「よろしくね、ボーイ」と言った。

7

「貴方が来たってことは、ジンロウは死んだってことだよね」フーコはベッドに腰掛けてそう言った。

「さあ……」僕は答える。「ジンロウって誰なのか、知らないから」

「ジンロウも、最初の日に同じこと言った」僕はシャツを着てから、久しぶりの煙草に火をつけて、窓の方へ歩いていく。最初に空を見た。外にあるものでは、一番好きだ。

「半年くらい」

　コの字型の建物に取り囲まれた中庭がライトアップされている。白い砂が敷き詰められているようだった。変な模様が描かれていて、モダンなデザインの石の灯籠《とうろう》も置かれている。中庭の向こうは竹林だ。どこまで続いているのかはわからない。しかし、自然のものではないだろう。

「なにか飲む？」

「できたら、コーヒーが良いけど」

「できるよ、それくらい」

　フーコはベッドから立ち上がって、キャビネットへ行く。

「トキノは、もうどれくらい、いるの？」僕は尋ねた。

「一年くらいかな」フーコがこちらを見ないで答える。

「君はどれくらい、ここに？」

　フーコはゆっくりとこちらを振り返り、唇を噛んで微笑んだ。

「君って？　それ、私のこと？　可笑《おか》しい……」

「そうかな」僕は真面目な表情で首を傾げてみせる。「僕と、君しか、ここにはいないと思うけれど」

「僕だって……」フーコはくすくすと笑うと、あちらを向いてしまった。「子供みたい」

僕はまた窓の外を眺める。空は晴れ渡っている。星が鮮明だった。まるで雲の上のもう一つの空みたいに。

「怒ったの？」フーコが囁くようにきいた。

僕は振り返って彼女を見る。神妙な顔つきで僕を見つめていた。

「どうして？」僕はきき返す。

「子供って、言ったから……、怒った？」

「僕は子供だよ」そう言って僕は微笑む。

プロのパイロットなんだから、それは当たり前だ。大人ではなれない職業なのだ。そんなことで僕が怒るとでも思ったのだろうか。それとも、もしかして、死んだジンロウは怒ったのだろうか。なるほど、怒ろうと思えば怒れないこともない、と僕はその思考をトレースした。

つまり、こうだ。大人になることを、一つの能力と捉える、そして、子供のままでいることは、その能力の欠如である、と解釈する。そういった考え方に立脚すれば、僕たちみたいな子供を見下すことができる。そんなメカニズムなのだろう、きっと。

でも、大人になる、というのは、つまりは老いることであって、山から下ること、死の谷底へ近づくことではないのか。

どうなんだろう……。

人は本当に死を恐れているのだろうか？

僕はいつもそれを疑わしく思う。僕の両親や、近くにいた大人たち、そして老人たちを見て、それを考えた。人は死ぬことを恐れているだろうか？　彼らは怯《おび》えて生きているのだろうか？　どうも、そんな兆候を僕は発見できないのだ。

期せずして生まれてくる僕たちのような子供を、普通の大人はどう思っているのだろう？　どんなふうに見ているだろう？　仕事とはいえ、戦争で死んでいく子供たちのことを、彼らはどう自分の人生の中に組み込んでいるだろう？　何を受け止めているのだろう？

子供のままで死んでいくことは、

大人になってから老いて死ぬことと、

どこがどう違うのだろう？

とにかく、比べようがない、というのが答だ。誰にも、それを比べることはできない。両方を一人で体験することは不可能だ。

僕はどっちだって良いと思っている。そんなことを考えていると、どんどん時間が過ぎてしまう。けれど、ときどきは考えた方が良いのかもしれない。どんどん時間が過ぎることは、生きている証拠でもある。

僕は時計を見た。そろそろ戻った方が良さそうだ。

「ねえ、空を飛ぶのが好き？」フーコがきいた。

「うん、好きだよ」

「良かったね」彼女はにっこりと微笑む。リスのような笑顔だった。僕の機嫌を取ろうとしているのだろう。

だから僕も、彼女のために微笑んでやった。

子供のように。

そうやってときどき、誰かに返したくなるんだ、

子供のときにもらったものを、

誰だってみんな……。

8

ドライブインまでは、例の鯨《くじら》みたいなセダンが僕たちを送り届けてくれた。今度は僕と

土岐野が後ろに乗り、運転席のクスミの隣にはフーコが座った。半分だけ開いた窓から入る風が冷たかった。このあとまた、土岐野のバイクに乗るのかと思うと気が重いな、と考えていたら、クスミが土岐野のバイクに乗りたいと言いだして、僕の代わりに、空冷に曝《さら》される役を買って出てくれた。変な子だ。

　ドライブインに到着すると、入口に座っていた老人の姿はもうなかった。僕たちを見ていたのか、タイミング良く、笹倉が一人でドアから出てきた。

「おやまあ……、お二人さん」彼は僕と土岐野を見て陽気に言った。数時間まえと落差が激しい。かなり酔っているようだ。「これから、どちらへ？」

「帰るところだよ」土岐野が答える。彼はバイクのエンジンをかけた。「おい、カンナミ」

「なんだ？」僕は彼の方へ歩いていく。

「ジャンパを彼女に貸してやってくれないか？」土岐野が言った。「基地までもたないだろう」

　基地までもたせようと考えていたのか、それが僕には驚異だった。ジャンパを脱いで僕はクスミに投げ渡した。

「サンキュー」彼女はにっこりと笑った。口に斜めに煙草をくわえたままだった。

　僕は車まで戻り、そこに立っていた笹倉に尋ねる。

「どうやってここへ？」

「バス」笹倉は時計を見ながら答えた。「そっちは？」

「運転は？」僕はフーコを見て言う。

「不得意」フーコは舌を出した。

バイクのエンジンがバリバリと音を立てる。クスミがシートに跨《またが》り、土岐野の背中に抱きついた途端、道路へ飛び出していった。まるで空母から飛び立つ戦闘機のようなせっかちな加速だった。

「つまり、僕がこれを運転していけってことだね」僕は溜息をついた。「ササクラさんも、どうぞ」

「あんた、素面《しらふ》じゃん」フーコが言う。

鯨のセダンの運転席に座って、僕はその大きくて細いステアリングを握り締めた。なんとも頼りない感じだった。こういう四角い乗物はあまり運転したいとは思わない。フーコが助手席に乗り、後ろに笹倉が入ってきた。僕はエンジンをかける。

「一つ死んでないか、このエンジン」笹倉が呟いた。「ま、一つくらい死んでも回るってのが、頼もしいけど」

「エンジンって一つじゃないの？」フーコが振り返ってきいた。

「シリンダのこと」笹倉が面倒くさそうに答える。「一度、プラグを見てもらいな」

「プラグって？」

車はのっそりと道路に下りて、真っ直ぐで暗い道路の先へヘッドライトを向ける。

「ジンロウっていう人が、僕のまえにいた？」僕は半分後ろを振り向いて笹倉に尋ねる。

「あぁ……」笹倉は腕組みをして目を瞑っていた。彼はふうっと息を吐く。「今日、あんたが乗ったのがさ、奴の機体だよ」

「あれのこと、何と呼んでた？」

「あれって？」

「だから、あの飛行機」

「いや、特に名前はつけていなかった」笹倉は答える。「ここじゃあ、誰も飛行機に名前なんかつけない。四つしかないんだから」

「いつ、死んだの？」助手席のフーコがシートの背に肘をのせて躰を後ろへ向ける。「ねえ、ジンロウのお墓、どこか教えて」

「車に便乗させてもらえて助かった。どうもありがとう」笹倉は言った。「だけど、それをあんたに答えることはできないよ」

「でも、死んだんでしょう？」

「ここにいない、というだけだ」

「死んだんだわ」

土岐野のバイクはずっと先へ行ってしまったのだろう、ライトもなにも見えなかった。

道路を走る車は他にない。少し霧が出始めていたこともあって、まるで空を飛んでいるみたいだった。それくらいふわふわしたサスペンションなんだ。

鉄橋を渡り、土手から下りて、森林に沿って走る。基地の百メートルほど手前で、土岐野のバイクが見えたので、僕はブレーキを踏んでそこに停車した。

「あれ、クスミたちは？」フーコがきょろきょろと辺りを見回す。

近くに人影はなかった。

僕たちが車から降りると、しばらくして、真っ暗な林の中から、土岐野とクスミが現れた。なんだか言い争っているような声が最初は聞こえたけれど、僕たちが近づいていくと、クスミは黙った。

僕はクスミに車のキーを手渡す。彼女はすたすたと道路を横断してセダンの方へ戻っていってしまう。背中にフライパンが入っているみたいに機嫌が悪そうだった。

「おやすみ、カンナミ」フーコが手を振った。「あ、そうだよ。名前を教えて」

「僕？」

「可笑しいでしょう、この人」フーコが笑う。

「バイバイ」僕は片手を広げる。

「ねえ、何ていうの？」

「ユーヒチ」

「ごめんね、笑って」フーコは微笑んだ。「またねぇ、ユーヒチ」

「うん、また……」

「きっとだよ」

僕は片手を一度だけ左右に振ってやった。

「お疲れ」土岐野は、バイクに跨ってそう言うと、僕にゴーグルと帽子を投げた。彼は自分のヘルメットを腕に通したままで、走り去った。

クスミとフーコの車もUターンして道を戻っていく。その赤いテールランプが遠ざかると、僕と笹倉は、基地へ向かって歩きだした。

「カウリングに二つ、穴が開いていたよ」笹倉が言った。

「今日の？」

「あぁ……」

「どっち側？」

「右側の上の方。エンジンは無傷」

それじゃあ、あのときだな、と僕は思い出す。あの、上手い方の奴だ。きっと、弾筋を見過ぎたのだろう。

「プロペラは？」僕はきいた。

「大丈夫。幸運にも」

ゲートから敷地内に入り、脇へ逸れて、中庭へ抜ける小径を歩く。砂利が敷き詰められているので、ぎしぎしと音が鳴った。倉庫と焼却炉の付近はとても暗い。オフィスの二階に照明が灯っている。草薙水素がまだいるのだろうか。

「ジンロウは、いつ死んだ？」僕は急にその質問を思いつく。

「一週間くらいまえ」笹倉が答えた。

僕は三日まえに、ここへの転属を命じられた。

僕の手はポケットの中の煙草を探している。少し落ち着かない不思議な感覚があった。

「どうして、死んだの？」僕は尋ねる。

二人の足音。

中庭に出て、少し明るくなった。

笹倉は答えない。

星空を一度だけ見上げた。

「じゃあ、おやすみ」笹倉が言う。

「おやすみ」僕も言った。

暗かったので彼の表情は見えなかった。笹倉は格納庫の方へ歩いていく。そちらに寝泊まりする場所があるのだろうか。しかし、昨夜も彼はそこにいたのだ。

部屋に戻ると、照明は消えていた。僕はデスクの小さなライトだけつけた。そこで、クスミに貸したままのフライト・ジャンパのことを思い出す。短い溜息をついた。

土岐野はもうベッドだ。一度だけ動いた。シャツを脱いで、その下に僕ももぐり込む。

ベッドの匂いは、まだ僕には慣れないものだった。

それから、カウリングに開いた穴のことを考えた。

その穴を開けた奴は、きっと死んだだろう。火を吹いて真っ直ぐ水に突っ込んだ。遊覧船の水車みたいに水しぶきを上げた方は助かったかもしれない。その二人を墜とした僕は、転属初日で業績を上げて、夜は先輩に奢《おご》ってもらい、新しい女まで紹介されたってわけだ。

死んでしまうのと、生き続けるのと、

どちらが幸せだろうか。

さあ、どっち……。

フーコの胸のフクロウが目に浮かぶ。

ジンロウは、何故死んだのだろう。

そんなことを考えたって、しかたがない。

きっと……。

だけど、

そうだ、飛行機は無傷だ。

少なくとも、一週間で直せるような状態だった。つまり、墜落したわけではない。撃ち落とされたわけではないのだ。
では、どんな理由で死んだのか……。
彼は、フーコにフライト・ジャンパをあげただろうか。
それくらい、残してやっても良かったかもしれない。
ベッドも車と同じで、四角い。
棺桶も四角い。
四角い乗物は、僕は好きじゃない。

episode 2: canopy

What little blood he had left trickled thinly down his wrist. He ordered Omba to look away, and, sobbing, Omba obeyed him. The Laughing Man's last act, before turning his face to the bloodstained ground, was to pull off his mask.

("The Laughing Man" NINE STORIES / J.D. SALINGER)

第2話　キャノピィ

今や、わずかに残っていた彼の血も、細い筋をなして彼の手首をつたって滴り落ちた。彼はオンバに顔をそむけるように命じた。オンバは啜り泣きながらその命に従った。それから笑い男は自分の仮面を剝ぎ取った。それが彼の最期だった。そしてその顔が、血に染まった地面に向ってうつむいたのである。

（「笑い男」ナイン・ストーリーズ／サリンジャー）

I

二週間のうちに五回出撃した。これは、平均的な数字よりは比較的頻度が高い部類になると思う。ただ、一度も戦闘機には出会わなかった。これはごく普通の確率だ。ずっと高いところを飛ぶ偵察機を追っ払ったことが一度だけあったけれど、弾が届く距離になるまで燃料がもつとは思えなかった。こちらを見るなり急旋回して逃げていったのだが、どうしてなのか今でもわからない。なにか画期的な武器でも持った最新型だと勘違いしてくれたのだろう。

昨日は、オイル漏《も》れで引き返した。おまけに、タイヤを滑走路脇の溝に落として、もう少しで脚を折るところだった。草が伸びていてまるで見えなかったし、誰もそこに溝があるなんて教えてくれなかったのだ。もちろん、実際にそんな言い訳をしたのではない。それに、誰も厭味《いやみ》の一つさえ言わなかった。

今日は、三機で出ることになっていたのだが、オイル漏れの修理が間に合わず、篠田《シノダ》という先輩に代わってもらった。つまり、僕一人だけが飛ばずに地上で待つことになった。

地上で待つ。空を見上げて飛んでいる奴らを見る。これがどんな種類の感情かちょっと簡単には説明できない。寂しい、悔しい、虚《むな》しい、あるいは、憤《いきどお》り、やるせなさ、焦《あせ》り、どれも違うような気がする。どうにか近いものといえば、眠い、くらいだろう。頭がぼんやりとして、生きている心地が遠くなる。自分が人間だとは信じられなくなる。たとえば、子供が振り回す棒で首を刎《は》ねられた雑草がこんな気持ちかもしれない。ようするに、最悪の状態だということだけは間違いがない、と思う。

滑走路の端を歩き、標示灯の付近の木蔭で座り込んだ。脚を投げ出して幹にもたれかかる。もしも日当たりの良い場所だったら、きっと僕の格好は、掃除して手近なところに干してある玄関の泥除けを連想させただろう。適度に垂れて、適度に延びている状況だ。

蜂《はち》が一匹飛んでいたので、それを眺めていた。それは最初、訓練になると思って始めたことだった。この頃では、知らないうちに、動く小さなものを目で追ってしまう。よほど遠くへ行かないかぎり、見失うことはなかった。それが見えなくなると、なにも飛んでいない空気をしばらく眺めた。頭はぼんやりと空回りしていても、両眼はどこかに焦点を合わせようとする。目は自分の役目を知っているようだ。

風はほとんどなくて、小さな草も動かない。

地面の近くには珍しいものが多かった。

空にはなにもないのに、ここにはどうしてこんなに沢山のものが集まっているのだろう。

みんな落ちてきたのだろうか。

短い芝は季節に敏感だ。既に薄茶色になっていた。この辺りは冬がどんな具合なのか知らない。雪は降るだろうか、と僕は想像する。空から落ちてきた雪が地面にぶつかる瞬間を見てみたい。それは弾むのだろうか。

こんこんこんという音が聞こえていた。格納庫の方からだ。ときどき、コンプレッサのモータ音がそれに加わった。バンドでも組んでいるみたいだ。

少しまえに見にいったときは、エンジンは機体に載ったままだった。オイル漏れの原因はわからない、と笹倉は首をふった。でも、不機嫌だとか困った様子は全然ない。かくれんぼの鬼みたいに、どちらかというと楽しそうな顔だったから、すぐに見つけ出してくれそうだ、と僕は思った。そこから真っ直ぐにこの場所まで歩いてきたのだ。

煙草《たばこ》を一本吸った。

煙の流れる方向で風向きが初めてわかる。それくらい、無風に近い晴天。これなら、宇宙からだって爆弾が落とせるだろう。

格納庫のシャッタの中で人影が動いた。白いツナギの笹倉と話をしている緑の制服は、草薙水素だった。彼女がこちらを振り向くのが見えた。僕は腕力にはまるで自信がないのだけれど、視力では負けたことがない。僕は今ほとんど寝そべった姿勢だった。それに木蔭だ。おそらく向こうからは見えないだろう。

　草薙は格納庫からこちらへ向かって歩きだした。まだ数百メートルも距離があるから、普通の歩行速度では三、四分はかかるだろう。こういう計算を瞬時にするのも、僕の癖、あるいは職業病の一つといって良い。僕は時計を見た。お昼休みだった。

　どうしようか考える。今のうちに、後ろの森へこっそり隠れてしまおうか。それとも、立ち上がって、格納庫の方へ戻って彼女を出迎えるか。

　どちらでも良いな、と考えているうちに、草薙が近づき、そろそろ僕を見つけられる距離になった。しかたがないので、被っていた帽子をそっと下ろして、顔を隠す。寝ている振りをすることにした。一番、当たり障りがない処置で、自分でも名案だと思った。昼休みなのだ。やり過ごせるかもしれない。

　僕はじっと待った。帽子の下から窺《うかが》っていた。草薙が近づいてくるのが見える。彼女の全身ではない。見えたのは脚だけだ。意外に小さな靴だった。

「カンナミ」草薙は僕の前に立って呼んだ。

　僕は片手で帽子を持ち上げて、目を細め、眩しそうな表情をつくった。僕の足の先から草薙までの距離は一メートルくらい。そこから僕を見下ろしていた。

　僕は上半身を起こし、腰を引いて座り直す。

「何ですか？」

「私と話をする気なら、立ちなさい」

今は昼休みだ、と言おうと思った。以前の職場なら、躊躇《ちゅうちょ》なくそうしていた。けれど、僕は黙って立ち上がり、ズボンを二、三度叩いてから、彼女に敬礼した。文句を言われないぎりぎりの緩慢さを追求した絶品の敬礼だったと思う。

「どうやら、オイル漏れは、最初の日の無理が原因だったみたいだけど……」草薙はメガネに片手をやって、僕に近づく。彼女も木蔭に入った。

「ササクラさんが、そう言ったんですか？」僕はきいた。

「自動的に息継ぎするように改造したんだって？」彼女は僕と入れ替わり、樹の幹にもたれかかった。

「ええ……」僕は頷く。「もしかして、あれは、僕のだけですか？」

「そうみたいだ。うまくいったから、全機のエンジンを改造したいって、ササクラは話している。だけど、オイル漏れの原因が明らかになるまでは、許可は出せないな」

「実験台だったってわけだ」僕は微笑んだ。

「必要なものだと思った？」

「必要な人もいる」

「やる価値があると思う？」

「価値って、何ですか？」

「それは私が判断する。君個人の感想は？」

「正直言って、あんなに素直なレスポンスは初めてでした」

「でも、耐久性に問題があるんじゃ、しかたがない」草薙は表情を変えない。「それとも、なにか、特別に無理をしたとか？」

「いいえ、特には」

「弾がどこかに当たった？」

「それはない」

「でも、カウリングに二発、当たっていたと聞いたけれど」

「角度的に、エンジン内へは、無理だと思います」僕は答えた。それはほぼ確信があった。

「そう……」草薙は下を向いた。そして、僕が捨てた煙草を見つけた。彼女は靴の先でそれを示す。「これを、ちゃんと拾っておくこと。滑走路は禁煙だよ」

「すみません」

草薙は樹から背中を離し、格納庫の方へ戻ろうとする。

「あの……」僕は彼女を呼び止めていた。

「何？」立ち止まって、草薙がゆっくりと振り返る。

「僕のまえに、あの機体に乗っていた人のことですけど……」

「どうかした？」

「きいても良いですか？」

「何をききたい？」

「うーん」僕は肩を竦める。「名前とか、どんな人だったかとか……」

「クリタ・ジンロウ」草薙は即答した。「ここに来たのは、七カ月まえ。六十三回出撃。なかなかの腕前だった」

「どこへ、行ったのですか？」僕はきいた。

「それは、プライベートだ」草薙は僅かに顎を上げる。

「ここを去った理由は？」

「同じく」

「僕の転属はとても急でした。それほど、ここは人が必要だった。彼は突然、辞めたのですか？」

「そう」草薙は頷く。

「原因は？」

「何の原因？」

「うーん、つまり、辞めるのが急だった原因です」

「君がそれに興味を持つ理由は？」草薙は逆に質問してきた。

「死んだのですか？」僕はきく。

「そう考えても、状況に差はない」彼女は表情を変えずに答えた。「いるか、いないか。

人の状態は、この二つしかない」

「いえ……、飛行機を引き継ぐときは、通常は前任者とコンタクトを取る。話を聞くものです。もちろん、前任者が生きている場合だけ、ですけれど」

「あの機体はまだ新しい。その必要はないと私が判断した。なにか、不満が？」

「いえ、まったく」僕は首をふった。「幸運にも」

「幸運ではない。検討の結果だ」

「あれは、今まで乗った中でも、最上の部類です」

「他には？」草薙が目を細める。

「貴女《あなた》は、キルドレですか？」僕はきいた。

草薙の目が大きくなる。

数秒間の沈黙。

彼女は、口を少しだけ開けて、ゆっくりと息を吐いた。そこからどんな言葉が出てくるのかと、僕は待ったけれど、残念ながら言葉にできるほど粘度のある空気はそこにはなかった。彼女が急いで精神をコントロールしているのがわかった。それは、彼女が表情の変化を隠そうと微笑んだからだ。彼女は目を細めて、もとの表情を再生しようとした。

「他には？」さきほどと同じ声だった。見事な精神力だと僕は感心する。

「いえ」僕は素早く敬礼する。今度は本当に敬意を表したものだった。そして、視線を落として彼女の足もとを見た。靴のサイズはいくつだろう、と僕は考えた。

そうか、

彼女も……。

一瞬、少女の後ろ姿を僕は見た。

草薙は背中を向けて、歩いていく。上着の背中には二本の折り目があって、僕はしばらくそれを目で追った。緑色の制服。肩には小さな金属製の星。ときどき短く光を反射していた。

滑走路も、その先にもずっと、乾燥した空気が、死んだ人間の顔のように優しく、停滞している。鳥さえ飛んでいなかった。まだ、樹の葉はぎりぎり枝に縋《すが》りついている。抵抗することが生命の証なのだ。たとえ、その行為が繰り返し無駄になったとしても。

生きていると信じるには、なにかに抵抗するしかない。

僕は吸殻を拾って、それを片手に握った。もう、草薙は遠くへいってしまった。彼女は、嫌な人工の香がしなかった。僕は格納庫とは反対方向へ歩きだしていた。

草薙水素は一見、二十代の後半に見える。化粧はしていないようだ。髪も短い。それにあの古風なメガネ。明らかに、老けて見られるように、努力している。無理をしている。誰に対して、そんな努力をしているのか。ここにいるのは、僕たちパイロット、整備士、その他係員、事務員、全部合わせても十人程度。

僕たちパイロットは、もっと若い。それに比べれば、草薙は多少は落ち着いているかもしれない。しかし、一歩基地の外に出れば、今どき若い連中なんて本当に少ない。とても珍しい。若いことは、それだけで目立つ。草薙だって、充分に特別だ。

都会に行けば少しは誤魔化《ごまか》せる。しかし、少なくともこんな田舎では隠すことは無理だろう。若いだけで、キルドレだと思われてもしかたがない。そして、どんな仕事をしているのか即座に想像されてしまう。戦闘法人か、それとも、違法すれすれの宗教法人のいずれかだ。土岐野が最初の晩に連れていってくれたところだって、宗教法人に間違いない。そういうはっきりとした世の中なのだ。

いつから、こんなふうになったのだろう。

たぶん、二回目の大戦のあと……、あの実験が始まったとき、あのときから……。

きっと、最初は誰も気づかなかったのだ。

だけど……、

それだって、本当のところは、どうなのかわからない。

正しい情報なんて、もう残っていないだろう。

正しい情報ほど、早く消え去るものだ。

靴の紐《ひも》が緩《ゆる》んだので、僕は片手の煙草を投げ捨て、屈み込んで紐を直した。ずっとずっと昔に、まだ本当の子供だった頃に、僕は靴の紐を初めて自分で結んだのだ。それまでは、ずっと母か、それとも姉が結んでくれていた。そういうものだ、と思っていた。けれど、僕は学校へ上がって一人で生活をしなくてはならなくなった。自分の足が靴を履くのだから、紐はとても結びにくい。シャツのボタンだってそうだ。それを自分が着ていなければ簡単なのに、自分が着ているシャツに限って、とたんに難しくなる。

人の顔は簡単に殴れるのに、自分の顔は殴れない。

自分のものになった瞬間に、手が出せなくなる。

自分のものは、なにも壊せなくなる。

僕は、自分を壊せない。

人を壊すことはできても、

自分は、壊せない。

靴の紐を結ぶたびに、だから、そのことを思い出す。

母も姉も、もういない。二人とも死んでしまった。

僕には、もう家族はいない。

だから、

自分の靴の紐を、自分で結ばなくてはならないのだ。

靴のサイズはもう、ずっと、このままだろう。

2

一時間ほど散歩をしたあと、部屋に戻ってシャワーを浴びた。どうも、お湯の出が今一つ良くない。それから、格納庫へ様子を見にいくと、笹倉が台車の上に仰向けになって眠っていた。そのまま引っ張り回してやりたい衝動に駆られたけれど、それほど親しい仲ではない。僕の飛行機は、カウリングが外されてはいたものの、他の部品はあるべきところに戻っているようだった。僕は少しほっとした。

「直った？」台車の近くまで行って、僕は尋ねる。

笹倉は片目を開けて、僕を見てから、無言で頷いた。

「原因は？」

「今度、ゆっくり話す」

「ありがとう」

僕は、頭を下げてシャッタを潜《くぐ》り、外へ出た。

エンジン音が聞こえたからだ。見上げると、三機が戻ってきたところだった。これから、風下へ回り込んで着陸するつもりだろう。

彼らが全員無事だとわかったので、僕は街へ出ることにした。勤務時間内だったけれど、もう仕事がないことは明らかだ。問題はなにもないとは思ったが、一応、格納庫の中に戻って、シャッタの近くの壁にある内線電話で、草薙のオフィスを呼び出した。

「カンナミです。ちょっと食事に、外出します」

「明日の午前中に入っているから、早めに戻るように」

「了解」

短いやり取りで済んだ。もう一度、奥を見ると、まだ台車の上で笹倉が眠っていた。

「スクータを借りるよ」僕は彼に向かって大声で言った。

返事はなかったが、聞こえたはずだ。笹倉にスクータを借りるのは、これが三回目だった。彼は、自分では滅多にそれに乗らないので、安く僕に売りたがっている。誰かが諦めて置いていった廃車寸前の代物を彼が直したらしい。動くようになったら、彼の興味からは外れてしまったのだろう。

小さなスクータで、僕はドライブインのミート・パイとコーヒーを目指した。

天気が良い。土手に上がり、鉄橋を渡った。そのあとは、ずっと真っ直ぐで、スクータのエンジンがこれ以上回転を上げられないのが痛ましかった。この乗物は、飛行機よりもずっと飛んでいる感じがする。

ゴーグルはしていたけれど、顔に風が当たるし、躰も冷えてくる。途中で少し速度を落とした。しかし、なにも考えずにいられるのは、とてもありがたい。それだけでも、運転する価値が充分にあった。

まだ時間が早かったせいだろう、ドライブインの駐車場には二台しか駐まっていなかった。小さなセダンとトラックだ。どちらも従業員のものかもしれない。僕は入口の近くにスクータを駐めて、煉瓦のステップを上がって店の中に入った。年寄りのマスタが僕をちらりと見る。もう顔を覚えているはずだ。カウンタに腰掛けると、向こうから「コーヒーと？」ときくので、「ミート・パイ」と答えた。道路側のテーブルに、老夫婦が向き合って座っている。ウエイトレスの姿は見えない。他には誰もいなかったし、音楽もかかっていなかった。きっと電気代を節約しているのだろう。

僕は煙草に火をつけて、ガラス越しに道路の方を眺めた。

「早いね」後ろでマスタが言う。

半分だけ振り向くと、コーヒーカップと皿にのったパイが置かれていた。コーヒーの香が一瞬だけする。

「呼ぶかね？」マスタがまた言った。

「え？　誰を？」僕は首を捻《ひね》って彼の方を見る。でも、すぐに意味がわかった。「あ、いえ……、これを食べたら、すぐ戻るつもりです」

「相棒は？」マスタは皺《しわ》を寄せてにやりと笑う。土岐野のことをきいているようだ。

「もう少ししたら、来るかも」僕は答える。「今日は一緒に飛んでないから、わからない」

土岐野のバイクなら、スクータの三倍は速いはずだ。

「相手をやったら……、ここへ来るんだろう?」マスタが尋ねる。敵機を撃墜したら、という意味のようだ。

「そうかな……」僕は首を傾げる。そんな決まりがあるとは思えなかった。

土岐野はそうなのだろうか。もしかして、そう決めているのかもしれない。ここへ、というよりも、クスミたちがいる例の屋敷へなら、ありえないこともない。

駐車場に車が一台入ってきて停まった。しばらくして、入口から女が入ってくる。どこかで見た顔だな、と思ったら、ここでバイトをしているウエイトレスだ。名前は知らない。歳は三十五歳くらいだろうか、というのは僕の勝手な推定。

「カンナミさん、こんにちは」彼女は僕に挨拶する。いつの間に僕の名前を覚えたのだろう。

彼女が奥へ入っていったので、今のうちにこっそり彼女の名前をきいておこうと思って、マスタに尋ねた。

「ユリちゃん」マスタが教えてくれる。「クリタさんと仲が良かったんだけどね」

「へえ……」僕は少し驚いた。ちゃん、と呼ぶには大人過ぎる気もする。僕の母親だといっても通りそうなのだから。

「フーコもそうなんでしょう?」僕はきいてみた。フーコも栗田《クリタ》仁朗《ジンロウ》のことを心配していたからだ。

「そりゃ、あんた、意味が違うよ、全然」

どう違うのか、わからなかったけれど、一応頷いてみせる。たぶん、プロとアマ、あるいは、ビジネスとボランティア、それとも、どっちかがフィズィカルで、一方はメンタル？　いろいろアイデアが浮かんだけれど口にせず。

パイを半分食べた。相変わらず美味い。

しかし、コーヒーをほとんど飲まないうちに、僕は店から飛び出すことになった。

3

エンジン音が聞こえた。聞き慣れない波長だった。

僕は店先に出て、空を見上げた。

山の方角だ。

澄んだ空に、雲は自慢げに高く停滞している。

見えた。

しかし、相当に高い。

僕は店の中に駆け込んで、電話にコインを入れる。そして、草薙水素のオフィスの番号を押した。

　コールが一回。

「クサナギです」

「もしもし、カンナミです」

「どこにいる？」

「ドライブイン」

「あぁ……」彼女は舌打ちした。「悪い、立て込んでいて……。切るよ」

「そちらへ何機か向かっている。たぶん、フォーチュンが三機」

「二機だよ」草薙が言う。

「違う、三機だ」

「見えたの？　あと、こちらまで、どれくらい？」

「五分はかからない」

「それなら、一息つける。君は戻れないわけだ」

「僕の飛行機は？」

「私が乗るしかないだろ」

「お願いします」

　電話が切れた。

「まったく、何してんだ！」僕は小さく叫んで受話器を置いた。

もちろん、連中をここまで侵入させた責任者に向けた言葉だったけれど、そいつは、とっくに死んでいるかもしれない。僕たちの分野では、だいたい、怒りをぶつけたい人間は既に生きていないことが多いんだ。天国で反省してもらってもしかたがない。

もう一度店の外に出た。

マスタもユリも空を仰ぎ見ている。今、ほぼ真上だった。真上にいる爆撃機を見たら、自分はもう無事だと思って良い。ここから基地までは約二十キロだから、三分もかからないだろう。投下まであと一分少々か。とっくにハッチを開けて準備しているはず。きっと、滑走路が穴だらけになるだろう。せめて、建物、特に格納庫に当たらなければ良いのだけれど……。

「高いなあ」マスタが片手を額に翳《かざ》しながら呟いた。

「まえに一度、もっと低いところを来たよね」ユリが言う。「ほら、ここの道路に下りるのかって思ったもの。すっごく恐かった」

「低かったら、迎撃できるはずだけど……」僕は言う。「ここまで来るのは至難の業だよ」

「死にもの狂いでやってくることが、ままあるだろう？」マスタが言う。「昔はあったよ」

「今はないですね」僕は微笑んだ。

そんな奴、今どきいるものか。無理は、結局無駄でしかない。飛行機乗りは、もっと冷めている、と僕は思う。その証拠に、僕は店内に戻ってミート・パイの残りを平らげ、コーヒーを最後まで飲んだ。マスタはまだ外で空を眺めていた。僕は、戻ってきたユリにお金を払った。

「帰るんですか？」ユリはきいた。

「うん、ぼちぼち」

「気をつけて」

「何に？」僕はユリの顔を見た。

彼女は口を尖らせて、少し怒ったふうだった。なにも言わなかったので、本当に怒ったのかもしれない。

外に出る。

「まだ、音が聞こえない」煉瓦のステップに腰掛けていたマスタが言った。既に森に隠れて機影は見えない。

「あと、十五秒」僕はそう言って、スクータまで歩いた。

エンジンをかけて道路に下りたとき、どーんという低音が辺りに響いた。それほど大きな音ではなかった。花火大会と同じくらいだ。夜だったら、光がずっと早く見えただろう。

僕は基地に向かって走りだした。

スクータでは三十分はかかる。すっかり終わっている頃だから、ちょうど良いな、と思った。

　十分ほど走ったところで、大きなセダンが後ろから猛スピードで近づいてきて、僕のスクータを追い抜いたところで急ブレーキをかけた。タイヤを鳴らし、斜めにスリップして停まった。助手席の窓から白い腕が伸び、ピンク色の髪が現れる。続いて、顔が僕の方を向く。

「カンナミ・ユーヒチ！」フーコのハスキィな声が僕のフルネームを叫んだ。よく覚えていたな、と感心した。

　スクータに乗ったまま、セダンの助手席側まで近づいた。運転席のクスミが、フーコの奥で僕を覗いている。

「こんなところで何をしてるの？」フーコがきいた。「大丈夫なの？　なんか、おっきなのが、飛んでいったよ」

「もうとっくにやられているよ」僕は言う。「なにか燃えていて、爆発したりするかもしれないから、近くは危ない。急いで行かない方が良いな」

「トキノは？」奥のクスミが尋ねた。

「さあ……」

「ねえ、こっちに乗ったら？」フーコが言う。

「いや、置いていくわけにいかないんだ。借りものだから」

　セダンはヒップを一度沈めてスタートし、道を走り去った。僕もスクータをたらたらとまた走らせる。

「あぁ、そうだ」僕は思い出した。

　クスミからジャンパを返してもらわなくては……。

　鉄橋がもしかして爆破されるのでは、と心配したけれど、ちゃんとあって、渡ることができた。橋の近くに爆弾が落ちた様子もなかった。それがもしやられたら、上流のどこまで行ったら橋があるのか、僕は知らない。泳ぐか、どこかで船でも見つけてこないかぎり基地に戻れなくなってしまう可能性だってある。基地への物資は、ほとんど船を使って運ばれてくる。だから、そちらの港の方が爆撃の対象になっていたのだろう。しかし、貧相な古い橋だけど、人間にとってはわりと生命線なのだ。ここが攻撃目標にならないなんて、相手も情報収集が不充分ではないか。けれど、泳ぐのはごめんなので、助かった、とは思う。

　堤防から下っていくとき、基地から立ち上っている煙が見えた。

4

　風はほとんどなかったけれど、空を見上げた感じでは、雲の形から、上空ではかなり流れていることがわかる。したがって、投下時の計算は難しかっただろう。着弾のキャリブレの機会でもないかぎり、数百メートルの誤差は避けられない。見たところ、幸いにも建物は燃えていなかった。ただ、煙は方々から上がっている。滑走路の向こう側の森から立ち上る黒煙が一番酷《ひど》そうだ。昼頃に僕が散歩をした場所に近い。黙って煙草を捨てたけれど、これで、もう見つかる可能性はなくなった。

　スクータでゲートの前まで辿《たど》り着くと、クスミとフーコがそこに立っていた。

「遅い遅い、カンナミ」フーコが言う。セータにジーンズという普段着で、このまえ見たときよりも数倍魅力的だった。

「ねえ、私たち、中に入っても良いかな？」クスミは、ジャケットにデニムのスカート。髪を後ろで縛っていた。

　周辺には誰もいないようだった。どこかへ退避したのだろうか。僕は道路の先を見る。ゲートから十メートルほどのところで、彼女たちの平たいセダンが、歩道に乗り上げて苦しそうに傾いていた。

　三人で敷地の中へ入っていく。僕はスクータを押して歩いた。オフィスにも人気《ひとけ》はない。滑走路の方へ回ってみると、消火器を持った男たちが何人か歩いているのが見えた。格納庫の前に、ツナギ姿の笹倉が立っている。

　エンジン音が近づいてきて、やがて、滑走路を一機がローパスしていく。もちろん、散香マークBだ。逆光だったたし、たちまち森の方角へ遠ざかったので、誰の機体かは、判別できなかった。

「ナホフミだ、ナホフミだ」クスミは両手を挙げて振っている。

「ねえ、どうしてわかんの？」フーコがきいた。

僕も興味があったから、クスミの返答を待ったが、彼女は答えなかった。

笹倉が僕を見つけて駆け寄ってくる。

「大丈夫だった？」僕は彼に尋ねた。「全部、無事に飛べた？」

「あぁ、ぎりぎり」笹倉は答える。

「僕は、君のスクータを退避させていたってわけだけど」

「カンナミの機体が、一番大変だったんだよ。今、カウリングなしで飛んでいる。燃料を入れている暇もなかったし、もうそろそろガス欠かも」

「クサナギさんが乗ってるんだって？」

「そう」笹倉は頷いてから、僕の後ろにいる女たちを見た。「今のうちに出した方がいいな。クサナギ氏が帰ってきたら、怒鳴られるよ」

「誰が怒鳴られる？」

「入れた奴さ」

僕は振り向いて、神妙な顔をしている二人を見た。

「つまり、僕か?」笹倉を見て僕は言う。

「僕、だって……」後ろでフーコが囁いた。「ねえ、どこの王子さまだったのぉ?」

「よしなさいって」クスミの声。「さあさあ、帰ろうよ。無事だとわかれば、もういいじゃん。ねえねえ、カンナミ」

僕は振り向いた。

「私が来たこと、トキノに伝えといてよね」

「OK」

「バイバイ」フーコが微笑んだ。

「あ、そうだ」僕は思い出して、クスミを見る。

「何?」彼女が首を傾げた。

「僕のジャンパ」

「あ、あぁ、あぁ……、本当」クスミがにっこりと笑う。「今度、持ってくる、きっと」

「僕、だってぇ……」フーコがまた言った。

「またね」クスミが片手を広げる。

彼女たちは戻っていった。途中で一度振り向いて、フーコが手を振った。白くて折れそうな腕だから、滑走路が悪いとやられそうだな、と僕は変なことを考えた。散香の唯一の欠点はランディング・ギアの脆弱《ぜいじゃく》さにある。滑走路を選ぶ飛行機なのだ。

「カンナミ、見せたいものがある」笹倉が言った。

格納庫の中へ入っていく彼に、僕は黙って従った。壁際の巨大な道具箱の蔭に、階段があった。ピットへ下りるためのものかと思ったけれど、予想以上に深かった。おそらく、爆撃を避ける目的で、床のコンクリートを分厚くしてあるのだろう、その分、階段は一階分にしては長い。地下には幾つか倉庫があるようだった。暗い通路の両側に鋼鉄製のドアが並んでいる。それらの前を通り過ぎ、一番奥に蛍光灯の灯った少し広い場所があった。ひんやりとしたコンクリートの壁に囲まれた一角にベッドが置かれ、木製のがっちりとした大きな机が三つL字型に並んでいた。笹倉がここで生活していることは一目瞭然だった。

「これ」机の上にあるものを笹倉は指さした。

僕にはそれが何なのか、わからなかった。パイナップルの缶詰くらいのシリンダ状のものに、細かい部品が取り付いてる。パイプが何本か方々から飛び出して、上部で集まっていた。電気のコードもある。笹倉がそれを大切そうに両手で持ち上げ、下側を見せてくれた。フレキシブル・ジョイントを介して、外部に回転を伝える機構、あるいは逆に、回転力を受ける機構のようだった。エンジンか、あるいは、コンプレッサの関係のものだ、と理解できる。

「何？　それ」僕は当然の言葉を口にした。

「ここで、カムシャフトの回転をもらって、こちらで、キャブに圧力をかける」笹倉は言った。

「吸気チャージャ？」

「モータでやろうとしたら限界がある。起動時は良いのだけど、結局、回れば回るほど、モータは弱いんだ」

「でも、こんな苦労をするくらいなら、ボア・アップすれば良いんじゃない？　ぶっとくなるのは、歓迎できないにしても、気筒数を増やす手はありそうだし……」

「パワーアップが目的じゃないんだよ」笹倉はにやりと笑った。「そこの発想がまるで違う」

「どう違う？」

「今までより、高く上がれる」

「まさか」そうは言ったものの、僕は少し驚いた。

　高度を稼ぐためには、空気の薄さを許容するシステムが不可欠になる。人間には酸素マスクを与えておけば文句はない。少し寒いからヒータが用意される。それでもう充分に贅《ぜい》沢《たく》というものだ。エンジンの場合は、混合比を変え、あるいは点火タイミングを切り換える。極めつきは、吸気されたガスに加圧する。お前は今、地上にいるのだ。空を飛んでいるなんて考えるな、とエンジンを騙《だま》すのだ。爆撃機みたいに大きな飛行機なら、これができる。操縦者以外にメカニックが乗っているし、時間をかけて少しずつゆっくりと上がっていくからだ。しかし、戦闘機はそんな悠長な飛び方をするわけではない。数十秒で千メートルもの高さを駆け上がる。また、その逆もある。こういった場合の急激な気圧変化を克服することは、航空機のエンジンにおける最大の課題といって良い。爆撃機の高度に戦闘機が達するためには、あらかじめ、エンジンをその気圧に合わせて調節してから飛び立つ必要がある。この場合には、普通高度では、パワーが激減する。酷いときには六割程度しか期待できないだろう。また、高高度の設定がなされていない場合には、突然、敵機が現れたからといっても、そこまで上がっていくことはできない。簡単にエン・ストしてしまうだろう。そもそも、ある高度を超えると、それよりも高く上がるには、プロペラも翼も、すべて取り替えなくてはならない、というのが常識なのである。水の中を進む潜水艦と、空気の中を飛ぶ飛行機の形が違うように。

　笹倉が試作したメカニズムにどれくらい現実味があるのか、僕には判断できなかった。吸気加圧を行なう機構の動力を、エンジンの回転から直接生じさせるのは上手いやり方かもしれない。ただ、問題はおそらくタービンの耐久性だろう。過酷な条件に耐える材料があって、しかもそれが精密に加工できなければならない。たとえば、排気の圧力でタービンを回すターボ・チャージャだって、大型のエンジンでは成功しているものの、戦闘機クラスの小型エンジンでは、故障が多過ぎて使いものにならないのが現状だ。燃料消費が若干少なく、パワーが三割程度増すものの、その壊れやすいメカニズムを付加することで、重量は増し、整備性が圧倒的に下がる。これでは犠牲が多過ぎる。飛行機という機械は、一箇所でも不具合があったら飛べない。飛べなければ、全部の部品が鉄屑と同じで、価値は無に帰す。少しでもシンプルな機構が望まれるのは、自然なことだ。

「どう思う？」笹倉がきいた。嬉々《きき》とした目つきだった。

「わからない」僕は率直に応えた。

「試してみる価値はある、と思うんだ」

「そりゃあ……、まあ、試してみないと」

「やらせてくれないか？」

「え？」僕は彼の顔を見る。そして、彼の意図を察した。「でも、許可がいるだろう？」

「このまえの可変バルブ・リミッタだって、内緒でやったんだ」笹倉はにやりと笑った。

「許可なくやっていたってこと？」

「一応、あんたには事前に報告した。いくらなんでも、それくらいは必要だと思ったから」

「当たり前だよ」僕は思わず吹き出した。「勝手にやられたんじゃ、乗り手はたまらない。人体実験じゃないか」

「こいつばかりは、地上で簡単な試験さえできない」

「クサナギさんに許可を取って、ちゃんと落下傘を背負ってなら、やっても良いよ。それでも、気は進まないな。暴発したりしないだろうね？」

「たぶん」笹倉は頷く。「でも、クサナギ氏に許可をもらうってのは無理だ。それができるくらいなら、こんなところに隠してないさ」

「ちゃんと説明すればわかってもらえると思う。特に、今日みたいなことがあったあとだから、チャンスかもしれない」

「駄目だね」笹倉は首をふって、ベッドに勢い良く腰を下ろした。スプリングがきいきいと奇声を上げた。「本部の許可が必要だって言うに決まっている。必ずいつもそうなんだ、彼女」

「だったら、その本部の許可を待ったら？」

「そんなの二カ月はかかる」

「どうして？」

「たぶん、特許とかに絡んでいるんだろうね」

「あぁ……」僕は頷く。

「しかも、許可が下りる可能性なんて、まるでない」

「悲観的だなあ」

「面倒な書類を何枚も何枚も用意しなくちゃならないんだ。まず、図面を書かなくちゃいけない」

「え、図面？　ないの？」

「計算書を作成して、実験データを図にして添付、そのうえ、どこかの大学の偉い先生に目を通してもらって、お墨付きをもらう必要がある。一つでも欠けたら、許可は下りない。嫌がらせとしか思えないシステムなんだ。みんなで俺に嫌がらせをしているってのが、本当のところだろうね」

「会社として、どうして、そんなややこしいシステムを採用しているのかな？」

「無駄な開発で、予算や労力や設備を消耗するのを避けるため、だと思うけど」

「これは無駄じゃない？」僕はきいてやった。笹倉を見て、僕は微笑んでいる。「計算書か、実験データか、どっちかくらいは、あるんだろう？」

「なにもない」

「じゃあ、どこが違う？　どこに説得力がある？」

「俺が作った」笹倉は僕を睨んだまま言った。「そこが一番違う点だ」

「何と比べて？」

「俺以外が作った場合と比べて」

「つまり、君は、特別な人間なんだ」

「もちろん」

「それは、客観的な意見？」

「主観的観察で言っていたら、ただの馬鹿だよな。言えると思うか？」

「君は天才なのか？」僕は尋ねる。

「そうだ」

数秒間、笹倉は僕を睨んでいたけれど、やがて床を見た。それから、頭の後ろに手をやると、背泳ぎの選手がスタートするときのように、ベッドに倒れ込んだ。汚いツナギを着たままだ。僕なら、きっとやらないだろう。天才なら、それくらいするかもしれない、とは思った。

5

三機がすぐに戻ってきた。カウリングがなくてエンジンが剝き出しの僕の愛機が、格納庫の前までタキシングしてきたので、僕は出迎えにいった。一応、礼を言うべきだと思ったからだ。キャノピィから主翼に降り立った草薙は、ヘルメットもしていなかった。制服の上にジャンパを重ねていただけだ。彼女はサングラスをかけていた。

「調子が良い」草薙は僕の近くまで歩いてくると、にこりともせずに言った。

「エンジンが？」僕はきいた。

彼女は頷く。

「ササクラさんの腕が良いってことです」

「息継ぎのオートマティックは、初心者向けだけど」

「そう……」僕は頷く。「でも、その分、他に集中できます」

振り返ると、格納庫のシャッタの蔭で、笹倉がこちらを見ていた。僕らの話は聞こえない距離だ。

「トキノが遅いな」歩きながら草薙が呟く。

「まだですね」僕は空を見上げながら答える。

他の二機は滑走路に既に降りている。その二機の格納庫はオフィスを挟んで反対側だった。他にも、緊急の格納庫が幾つかある。飛べない飛行機を隠す場合に使われていたようだ。

「どこかに降りているんだ、あいつ」草薙が時計を見ながら舌打ちする。

真っ直ぐで平滑な道路があれば、散香くらいの小型機なら簡単に着陸ができる。どこかで、道草をしているのだろう。

「ササクラさんが、新しい装置を作ったみたいなんです」僕は話してみることにした。

「どんな?」

「その……、一種のターボ・チャージャなんですけど」話す気になったのは、自動息継ぎシステムの効果を体験した今なら、草薙も笹倉の技術力を認めるかもしれない、と思ったからだ。それに、笹倉が僕に話したのは、確実にこのためだ。それくらいの協力はしてやろう、という気持ちもあった。

「またか……」草薙は小さく鼻息をもらした。

「実験してみる価値があるかもしれない」

「そんな暇はない」僕を一瞥《いちべつ》して、草薙は答える。

　会話はここまでだった。そのあとは黙って歩く。途中で、草薙は手袋を脱いだ。僕は彼女の斜め後方に、僚機のように間隔をキープして歩いた。スカートから伸びた脚は、真っ直ぐで滑らかだ。やっぱり、彼女も大人ではない、と僕は思った。スカートで飛行機に乗るなんて、本当は規則違反だ。そんな変な規則を作ったのは、男だろうか、女だろうか、しかし、少なくとも、大人であることは間違いない。そういったつまらないことに執着するのが大人の特性であり、特権であり、そして役目でもある。

「話したいことがあるって？」草薙は、格納庫まで来ると、笹倉の前に立って言った。

「え？」笹倉は目を丸くする。一瞬だけ僕の方を見た。「いえ、特に……、話したいことはありませんけれど……、えっと、油圧は大丈夫でしたか？」

「うん」草薙が頷く。「今のところ、圧は落ちてない。でも、あまり振ってないからな、まだ、わからない。もう二フライトくらい様子を見て、ＯＫだったら、他の三機も頼む」

「え？」笹倉がきいた。「あの、何を？」

「息継ぎの改造」

「あ……、はい」笹倉は微笑んで、それから、顔を赤らめた。なんとも純情な天才だ。少し離れたところで煙草に火をつけながら、僕は二人のやり取りを眺めていた。

草薙は笹倉の横を通り抜けて、壁に掛かっている内線電話の受話器を摑んだ。彼女は向こうを向き、肩を壁につけて立った。躰が斜めになっている。

「あ、草薙です。ええ……、部長につないで下さい」彼女はそう言うと、僕たちの方を一度振り返って見た。僕の気のせいかもしれないが、微笑んだようにも見えた。笹倉は、草薙から離れたかったのか、僕の方へ歩いてくる。「はい……、いいから、部長を出して。私が無事だったことも伝えて下さい。え？　会議でもなんでも良いから……、そう、伝えて……」彼女はまた黙る。下を向き、自分の足もとをじっと見ているようだったけれど、やがて、また振り返った。「悪い。煙草を持ってない？」

僕は、胸のポケットから煙草の箱を取り出して、草薙に近づいた。

「格納庫は禁煙ですよ」そう言いながら、箱を振る。彼女は飛び出した煙草のうち一本を抜き取って口にくわえた。僕はライタで火をつけてやった。

「ありがとう」彼女は上目遣いに一瞬だけ僕を見る。

僕は、笹倉の立っているところまで戻った。なんとなく、そこが観客席みたいに思えたからだ。

「私です。そうです。ええ……、そう……」草薙が電話に話し始める。僕と笹倉は二、三歩遠ざかった。でも彼女の声はよく聞こえた。「ええ、そういうこと……。奇跡的にもね……、ええ、被害はどうってことありません。はい……、ですけれど、それは相手がへまをしただけのことです。どうして、連絡が遅れたんです？　え？　そんなの、理由になりませんね。ええ、納得できない。何なんです？　あぁ……、そうか、わかりました、今から、怒鳴り込みにいきたいと思います。ええ、責任者は誰です？　ええ……」

　僕は滑走路の風を感じながら、自分の煙草に火をつける。格納庫の中を振り返ったとき、草薙はこちらを向いて立っていた。片手を口に当て、指を噛んでいるように見えたが、実際には煙草を持っているだけだった。僕と笹倉は、オフィスの方へ向かって、まるで草薙の大声から一刻も早く離れたがっているみたいに早足で歩いた。事実そのとおりだったかもしれない。

　ブルドーザの低い排気音が響いていた。滑走路の穴を埋める作業に取りかかろうとしているようだ。

　オフィスの前で、湯田川と篠田の二人に出会う。彼らはちょうど、反対側の格納庫から帰ってきたところだった。

「カンナミ、どこへ行ってたんだ？」白髪の湯田川がきいた。

「うん、ちょっと出かけていて……」

「クサナギ女史、かんかんだっただろう？」

「そんなこともない」僕は微笑んで答える。

もう一人の篠田という男はさきに建物の中に消えた。とても無口な男で、彼が話している場面にまだ遭遇していない。

僕たちは、もう一度、滑走路の様子を見渡してから、ガラスのドアを押してロビィに入った。

6

しばらく停電していたらしい。冷蔵庫は冷えていなかったけれど、談話室でビールを飲んだ。僕と笹倉、それに湯田川の三人だ。篠田は最初のグラス一杯だけを一気に飲んで、さっさと出ていってしまった。土岐野はまだ戻ってこない。

ロビィに草薙が現れた。そのまま二階へ上がっていくものと思っていたら、意外にも彼女は談話室に入ってきた。

「ユダガワさん、上のデスクにいてもらえる？」彼女は言った。「もしかして、緊急の連絡が入るかもしれないから」

「ええ、いいっすよ」湯田川が答える。「飲み食いしていいなら」

「ええ、もちろん」草薙は頷く。「ちょっと出かけてくる。四、五時間で戻れると思う」

彼女は腕時計を見た。「二十一時頃かな」

「どうぞどうぞ」湯田川は笑った。「たまには、羽を伸ばさないと」

「仕事」草薙は一言だけゆっくり発音する。彼女は僕の方を見た。「カンナミ君、一緒に来て」

「え？」僕は腰を浮かせる。「あ、二階に？」

「いえ、一緒に、ちょっと……」彼女は軽く首を倒してから、歩き始める。「三分後に、表のゲートへ」

「あぁ、はい……」僕は頷いた。

どこかへ出かけるようだったから、その運転手のつもりなのだろうか……、しかし、草薙は運転ができる。とにかく、僕は急いで自分の部屋へ戻って、制服に着替えた。宿舎を出て、中庭からゲートの方へ回っていくと、黒いスポーツカーが待っていた。草薙が運転席に座っている。その車を見たのは初めてだ。どうやら彼女個人の車らしい。いつもどこに駐めているのだろう。ここへきて、僕はまだ、オフィスの反対側へは一度も行ったことがなかった。

僕が助手席に乗り込むと、車はすぐにスタートし、ゲートから道路に出て、堤防の方へ向かって加速した。なかなか軽やかなエンジン音で、カムの高音が音叉の響きのように聞こえてきた。六気筒だろうか。草薙はさきほどと同じ服装で、サングラスをかけている。

「どんな任務ですか？」僕はきいた。

「そうね……、私のボディ・ガード」

「どこへ？」

「百五十キロほど北」

「観測所？　それとも、隣の基地？」僕は質問する。

　しかし、彼女は前を向いたまま答えない。車は堤防に上がり、ギア・アップする。速度はまだ増している。鉄橋が凄い勢いで近づいてきた。

「ボディ・ガードには、僕は向かないんじゃないかな」呟くように言ってみた。

　パイロットの四人の中で、僕が一番躰が小さい。体重も一番軽いだろう。もしかしたら、草薙と同じくらいかもしれない。軽いことは、飛行機乗りにとっては有利な条件だけど、地上ではあまり頼りになるとは思えなかった。正直いって、喧嘩は苦手だ。人よりも少しだけ誇れるものといったら、逃げ足くらいだろう。どんな局面においても、最後には、これほど頼りになるアイテムは他にない。戦闘機だって逃げ足さえ確かなら、安心して戦える。

　あっという間に鉄橋を渡り切り、道路が広くなると、ますますスピードを上げる。エレベータを引いたら、このまま離陸できる充分な速度だろう。

前方の上空からなにかが近づいてきた。飛行機だ。

「あ、トキノだ」僕がさきに気づく。視力が良い分、早かった。

「やっぱり、道草をしていたんだ」草薙も頭を下げて見ている。「このさきの店、知っているでしょう?」

「ええ、ドライブインの?」

「そう……、あの辺り、道がずっと真っ直ぐで、交通量も少ないから」

そこに着陸した、ということか。

土岐野の飛行機が翼を左右に振りながら、僕たちの上を通過した。この車が草薙のものだとわかっているようだ。

「でも、車が飛び出したりしたら、危ないなあ」

「もちろん、規則で禁止されている」

「でも、緊急時ですよね」

「そう……。コーヒーを飲むためのね」

そうか、今度機会があったら試してみよう、と僕は密かに思った。しかし、万が一脚を折ったりしたら、目も当てられない。普通の道路というのは意外に凸凹があるものだ。マンホールなどの引っかかりもある。散香のギアは貧弱で、サスペンションのストロークが浅い。タイヤも小さいから、オフロードには適していない。

僕は、運転する彼女の横顔を窺った。澄ました表情で、前を向いたままだ。どちらかというと、微笑んでいるように見えた。いずれにしても、僕は、土岐野が無事だったので安心した。時刻はまだ十六時まえ。片道二時間くらいの距離なのだろう。僕はシートにもたれて脚を伸ばす。低いエンジン音が後ろで唸っていた。

なにか話をした方が良いかな、と考えた。けれど、どうも切り出す言葉を思いつかない。昔のことを尋ねるのはマナーに反するし、かといって、今の生活についてきいても、プライバシィの侵害だと言われかねない。仕事上のことでなにか適当な話題はないか、といろいろ考えを巡らしたけれど、もう話してしまったことばかりだった。

前任者の栗田仁朗という男は、どんな人物だったのか、彼は今どうしているのか。生きているのか死んでいるのか。死んだとしたら、その原因は何か。そしてそれは、僕にはまったく関係のないことなのか。そんな疑問が次々に頭に浮かんだ。でも、言葉としての質問にはならない。

ところで……、

僕はどうして、そんなことを知りたいのだろう？

単なる退屈凌《しの》ぎなのか……。

きっと、そうだと思った。

仕事も女も、友人も生活も、飛行機もエンジンも、生きている間にする行為はなにもかもすべて、退屈凌ぎなのだ。

死ぬまで、なんとか、凌ぐしかない。

どうしても、それができない者は、諦めて死ぬしかないのだ。

それは、大人も子供も、きっと同じ。

同じだろう、と思う。

もちろん、想像だけれど……。

何故、戦闘機に乗るのか、と質問されて、退屈凌ぎだ、と答えたことがある。

ずいぶんまえのことだ。

質問したのは、上司だった。

僕を嫌っていた。

彼は大人で、戦争を知らない世代だったのだ。

僕たち子供の気持ちは、大人には決してわからない。

理解してもらえない。

理解しようとするほど、遠くなる。

どうしてかっていうと、理解されることが、僕らは嫌なんだ。

だから、理解しようとすること自体、理解していない証拠。

僕たちは、たしかに、退屈凌ぎで戦っている。

でも……、

それが、生きる、ということではないかと感じる。

そう、感じるだけだ。

違うだろうか？

生き甲斐《がい》を見つけろ、と昔のマニュアルには書いてある。

見つけられなかったら、退屈になるからだ。

つまり、退屈を凌ぐために、生き甲斐を見つける。

結局、昔からなにも変わってはいない。

遊びでも仕事でも勉強でも、同じだと僕は思う。

淡々と生きている僕たちには、それがよくわかる。

僕はまだ子供で、

ときどき、右手が人を殺す。

その代わり、

誰かの右手が、僕を殺してくれるだろう。

それまでの間、

なんとか退屈しないように、

僕は生き続けるんだ。

子供のまま。

「クサナギさんは、いつから、あの基地に？」僕は質問した。

「失礼な質問だな」彼女は前を向いたまま言った。

「どうして？」

「さあ、どうしてだったか……」彼女は微笑んだ。

女性には年齢を尋ねてはいけない、というジョークがある。それは僕も聞いたことがあった。どうして、それが可笑《おか》しいのか、理解できないけれど。

途中でハイウェイに乗り、エンジン音がやや高くなった。草薙はなにも話さない。運転を楽しんでいるようにも見える。僕も沈黙が嫌いではない。横を向いて、流れる風景を楽しんだ。飛行機に比べると、風景があっという間に後ろへ消え去ってしまう。前を走っている車が間近に迫ると、ついつい、右手が動くのには、自分でも呆れるし、可笑しかった。草薙は車線を頻繁に変更して、どんどん車を追い抜いていた。これまでの彼女の人生も、きっと、こんな調子だったのにちがいない、と想像した。

ハイウェイから、海辺のリゾート地へ向かう有料道路に乗り換える。途中で左手に海が見えた。前方には海に突き出した半島。ずっと下に黒っぽい岩場。道路の反対側はコンクリートで固められた斜面。道は緩やかに上っている。

途中で山側の小径《こみち》に逸《そ》れ、さらに「関係者以外立入禁止」の看板のある道へ左折して入る。数百メートル奥へ進むと、ゲートに行き着いた。制服のガードマンが二人立っている。系列会社の観測所だった。草薙はカードを見せて、左右に開いたゲートの中へ車を進める。

両側に崖が迫った道がしばらく続き、高台に出た。緑色のネットでカモフラージュされた高射砲が二門、地面に開いた穴の中に設置されていた。長波のアンテナが、簡易な二本の鉄塔を結んでいる。その下で、小屋のような木造の建物がぽつんと佇《たたず》んでいた。白いペンキがべったりと塗られ、おもちゃのようだ。

草薙は車をその小屋のすぐ前に駐めた。少し離れたところに、他にも十台ほど自動車が並んでいた。そちらが正規の駐車場所なのだろう。半分はトラックだ。周囲には、小屋の他に建物はなかった。それらの車の持ち主が全員、小屋の中にいるとしたら、かなりの人口密度になる。おそらく地下に大半の施設が隠されているのだろう。

小屋の戸口に男が現れた。四十代のがっしりとした紳士だった。偶然に出てきたのではない。僕たちの方を当たり前のように見たからだ。ゲートのガードマンが連絡をして、迎えに出てきたのだろう。その小屋から地下へ下りる階段があるのかもしれない。

「久しぶりだね」近づいてきて、男は言った。僕たちは車から降りたところだった。

「どうも、わざわざ、お出迎えありがとう」草薙は彼と握手をした。「つまり、中へは入れないつもりなのね？」

「申し訳ない、最近、いろいろと、その、うるさくてね」

「何がです？」

「ルールが偉くなった。融通が利かない」男は微笑んだ。それから、表情を戻して僕を見た。「私は、ホンダという、君は？」

「私の部下です」草薙がさきに答えたので、僕は黙っていた。「帰りに運転をしてもらおうと思って、一緒に来てもらっただけ」

「どうして？」本田は不思議な顔をして、草薙の車を見た。「来るときは、運転してきたんだろう？」

「もしかして、体力を消耗するかもしれない、と思ったから」草薙は言う。彼女はアンテナを仰ぎ見た。「変だな。見たところ、台風の被害に遭ったというわけでもなさそうだし……。とにかく、中に入らせてもらいたいの。部長と直接話をさせて」

「部長は外出中なんだ」本田が言った。

「部長の部屋へ行けば、外出中かどうかくらい、私にだってわかると思うけれど」草薙が早口で言った。

「頼む、クサナギ君」本田は溜息をついた。「私が、ちゃんと伝えておく。だから、その、君が、ここまで来たことで、もう充分に事態の重要さはわかったし、つまり、気持ちも伝わったと思うんだ」

「気持ちを伝えたくてきたんじゃありません。勘違いしないで」草薙が顎を上げる。「私はね、自分を殺そうとした奴の顔が見たいだけ。これって、規則で禁止されていましたか？」

「それは言い過ぎだ」本田は苦笑した。

「では、わざとじゃない、と？」

「当たり前だろ。何を言っているんだ」

「そうかな」今度は草薙が微笑んだ。「いいでしょう。とにかく、入ります」彼女は小屋へ向かって歩きだした。

「待ちなさい」本田が後を追う。

僕はどうして良いのかわからなかった。しかし、上司からガードを命じられた部下として、離れるわけにもいかないだろう、とは考えた。小屋の戸口で、本田が草薙の腕を掴む。

僕もそちらに歩み寄った。

「放しなさい！」草薙が腕を振って、彼の手を払い退けた。

「君のために言っているんだ」本田が低い声で言う。

「ありがとう。でも、もうけっこう」彼女は、僕を一瞥する。「カンナミ君、ここで待っていて。五分で戻ってきます」

「戻ってこなかったら？」僕はきいた。

「一人で帰って」

草薙は小屋の中に消えた。戸が音を立てて閉まった。戸口に、残された本田が舌打ちしてから、僕を見て小さく肩を竦めた。

「まったく大人げない」彼は呟いた。

そのとおりだと僕も思う。

「まるで成長していない」本田は僕から目を逸らした。

「ええ……」僕は彼を睨みつけて頷いた。殴ってやろうか、と一瞬思った。本田がこちらを向く。僕の表情になにかを見つけたようだ。

「いや、失礼」本田は小さく頷き、人工的に微笑んだ。そんなに怒るなよ、とでも言いたそうな卑屈な笑いだった。

7

僕は一人、小屋の前のステップに腰掛けて待った。本田は小屋の中へ入っていってしまった。

草薙は五分経っても戻ってこない。十分経ったとき、僕は立ち上がって、小屋の周りを歩いて一周した。砂利が敷かれていて、北側には、排気口らしきコンクリートの煙突が人の背丈ほど立ち上がっていた。

草薙はどうしたのだろう。なにかまずいことになっているのではないか。僕は、彼女を助けにいく立場にあるのでは……。しかし、そういった指示は受けていない。少なくとも、この場所に来てからは受けていない。ただ、基地を出るとき、ボディ・ガードだと言われたこと、その言葉の意味が気になった。冗談だったのか、本気だったのか。

無理にでも入っていくべきか、と思って、小屋の正面のドアの前に立ったとき、草薙が出てきた。僕は驚いて飛びのいた。

「お待たせ」彼女は無表情だ。

「えっと……」突然だったので、何を話せば良いのか思いつかない。

「帰りは運転していって」

他には誰も出てこなかった。僕たちは車まで砂利を踏んで黙って歩いた。日は傾き、地面のほとんどは既に蔭の中だった。僕は運転席に乗り込んでエンジンをかける。

「出して、良いですか？」助手席の上司に、僕はきいた。

「うん」草薙は小さく頷く。向こう側を向いていたので、表情はわからない。

僕は車を切り返し、ゲートの方へ走らせた。

敷地から出ると、暗い森の中の道が続く。海岸に出ても、もうあまり明るくはなかった。

崖縁の上昇気流で滑空する鳥たちがシルエットで見える。塒《ねぐら》に帰るまえに、ああして翼を乾かしているのだろうか。空はまだ多少は明るいのに、道は真っ黒だった。僕はヘッドライトを点灯させた。飛行機にはこれがない。照らすべきものが近くにあることは、幸せだろうか、それとも不幸せだろうか。

ときどき、ミラーを見る振りをして、僕は草薙を窺った。彼女は、開けた窓から片肘を出して、片手を口に当てている。指を噛んでいるように見えた。ずっと前を見たまま動かない。ただ、髪が煙のように軽く揺れていた。

怒っているようにも、喜んでいるようにも、見えない。感情がない、感情のスイッチを切っている、そんな様子だ。やっぱり、同じ種族。僕たちは、そういう人間、そういう子供なのだ。でも、仲間に出会えて嬉しい、といった感情さえ、僕たちにはないのだから、つまり無意味。

理屈がさきにあって、その理屈で感情がある振りをする。

ずっとそうしてきた、子供のときから。

そうしないと、みんなが恐がる。父も母も、僕のことを恐がった。だから、もっと普通の子供に見えるように、僕は努力した。周りの子供たちをよく観察し、こういうときには笑う、こうなれば泣く、ここでは塞《ふさ》ぎ込む、ときどき相手の様子を窺って、甘えてみせる。まったく余分なことだと僕は思うけれど、これが大人たちには大切なことのようだった。

それでみんなが喜べば、僕にとっても得がある。ただ、そういったコミュニケーションの手順が、とんでもなくつまらないだけだ。まったく画一的。繰返し、繰返し。退屈の極致。それでも、父も母も、友達も、みんな、その単純な繰返しで満足する、安心する。僕のことを良い子だと繰り返す。可愛いと頭を撫《な》でる。僕は、単に自分の安全を守るだけ。安全地帯を作っているだけのこと。摩擦を減らしておいた方が、なにかと都合が良いだけ。

僕は特別だった。

それが、わかった。

それがわかったとき、父も母も、僕から離れていった。みんなが僕のことを恐がった。口では変わりがないと言いながらも、恐がっているのだ。でもそれは、結局のところ、僕も同じ。

僕も、僕自身が恐いと思った。

自分が生きていることが恐い。

だけど……、

溜息を一つつけば、それも乗り越えられる。

そういうふうに最初からできていたのだ。

そう……、

最初から選ばれていたのだ。

そして……、同じ仲間に沢山出会って、その中で過ごす時間を重ねるうちに、再び、僕は普通の子供に戻った。

ここではこれが普通。

これが、普通だと思える。

不思議だ。同じ環境で生きている自分以外の存在が、これほど自分に大きく影響するものか。

初めて知った。

自分だけが、どれほど違うのか。

大勢が、どれくらい同じなのか。

とにかく、僕は社会との定着を取り戻して、すっかり元気になって（少なくとも外面的にはそう見られるようになって）、こうして生き続けている。

呼吸さえしていれば、死ぬことはない。食べて、寝て、顔を洗い、歯を磨く。それを繰り返すだけで、たったそれだけで、生きていけるのだ。

靴の紐が結べなくたって、生きていける。

唯一の問題は、何のために生きるのか、ということ。

僕たちは、神に祈るか、それとも、殺合いをするか、そのどちらかを選択しなければならない。それがルールだった。僕は戦うことを選び、飛ぶことを選んだ。何故なら、神に祈ったところで、きっといつかは精神が崩壊してしまう、祈ることで、生と死の秘密の関係に近づけるとは思えない、そう思ったからだ。生きていることを確かめたかったら、死と比較するしかない、そう思ったからだ。これは贅沢な悩みだろうか。

「飛行機に乗って、どれくらい？」草薙が突然きいてきた。

既に辺りは紺色。

ハイウェイのオレンジ色の光が前方に連続している。ぞっとするほど綺麗な色彩だった。

「五年」僕は答えた。

草薙はそれを知っているはずだ。僕のデータを持っているのだから。

でも、人は意味もなく会話をしたいときがある。

きっと、今がそれだろう、と思った。

ステアリングを軽く握り直し、スピードメータを確認する。制限速度を僅かに超えていたけれど、どちらかというと、周囲の車よりは遅かった。

「五年か……」草薙は呟く。

「僕の履歴ファイルにあるとおり」

「そうだね」

「見てないの？」

「見ていない」

「新しい部下の過去に、興味を抱かない上司って、珍しい」

「そうかもね。何故だと思う？」彼女はこちらを向いた。前を見ていても、それがわかった。

「子供だから」僕は言う。

「そう、キルドレだから」彼女は頷いた。

「いつから？」

「十四年まえ」

僕は横を向いて彼女を見た。草薙は僕を見ていない。

僕の思考が、僕の頭から抜け出し、蛾《が》が飛ぶように、辺りを浮遊している幻想。その蛾を叩き潰すように、僕は幻想を振り払った。

蛾の羽から、きらきらと粉が散った。

「飛ばして良いかな？」僕はきいた。

「うん」草薙は答える。「死んでも文句は言わない」

僕はアクセルを踏み込んだ。車は加速し、追越し車線に滑り出る。前方を走る車に急接近し、パッシングして、どいてもらった。なかなか軽やかな吹上がりのエンジンだ。気持ちが良い。多少、ブレーキが弱いかもしれない。サスペンションは適度に固い。ローリングは許容内。ピッチングは合格点。

もう後ろを見る必要もなかった。誰も追いついてこられない。

エンジンの高いサウンドが、ふっと聞こえなくなり、僕はこのまま死んでしまおうか、と思った。ここがコクピットだという錯覚。空を飛んでいるという錯覚。僕は操縦桿を握っている。

撃て、と右腕が動く。

右手に蛾が止まっている。

誰を撃つのか？

左にバンクしてカーブを走り抜ける。

オレンジのライトが、恐竜の尻尾のようにしなった。

誰かが僕を撃ってくる。

誰かが僕を撃ってくれる。

コクピットには、僕しかいない。

僕だけだ。

蛾の粉が、きらきらと光る。

「カンナミ」草薙の声がした。

無線ではない。

僕だけではない、

　ここには二人いる。コクピットに二人いる。

　こんな特別な棺桶はないだろう。

「何ですか？」僕はきいた。

「何を考えている？」

「それは、疑問文？　それとも、警告？」

「純粋な疑問文」

「飛行機に乗っている。燃料がなくなって、基地までは帰れない。そろそろ海に落ちてしまう」

「そんな経験が？」

「それなのに、空は素晴らしい紫色で、雲は月の光に輝いている。下にある海だって、きっと綺麗だ」

「そのときは、どうした？」

「海に不時着。思ったとおり、綺麗だった」

「それから？」

「浮かんでいた」

「助けが来たのね？」

「朝まで、浮かんでいた」

「そんなことがあるんだ。散香で？」

僕は頷く。

アクセルを踏んでいた右足を緩め、僕はスピードを落とした。周囲に車はいなくなっていた。エンジン音は嘘のように静かになる。まるで、燃料切れでダイブしているときのように。

「コクピットを開けなかった」僕は草薙に話した。「だから、沈まなかったんだ」

「あぁ……」草薙は大きく頷いた。「それは、マニュアルにはないな。設計者も考えなかったと思う。ちゃんと、報告した？」

僕は頷いた。

「どうして、コクピットを開けなかったの？」

僕は、思い出す。

密封されたクリア・アクリル。

足もとには海水。

周期の長い波。

夜空のパノラマを、僕は一晩中見ていたんだ。

機体は波に揺れて、まるで揺《ゆ》り籠《かご》のようだった。

そう、僕は子供なのだ。

そして、これは棺桶。

久しぶりに、「悲しい」を思い出して、僕の目から水が滲《にじ》み出た。とても珍しいから、僕は思わず笑ってしまった。

どうしてコクピットを開けなかったかって？

たぶん、死ぬときは、なにかに包まれていたかったのだ。

生まれたときのように。

そんな死に方が、僕の憧れだから。

episode 3: fillet

"Well," he said, "you know how those things happen, Sybil. I was sitting there, playing. And you were nowhere in sight. And Sharon Lipschutz came over and sat down next to me. I couldn't push her off, could I?"

("A Perfect Day for Bananafish" NINE STORIES / J.D. SALINGER)

第3話　フィレット

「あのね、シビル、聞けばなんだってきみも言うようなことさ。ぼくはあそこに坐ってピアノを弾いてた。きみの姿はどこにもなかった。そこへシャロン・リプシャツがやって来てぼくと並んで腰かけた。押しのけるわけにもいかないだろう？」

（「バナナフィッシュにうってつけの日」ナイン・ストーリーズ／サリンジャー）

I

シャワーのあと、頭にタオルを被ったまま部屋に戻ると、女の子が一人椅子に腰掛けていた。入ってきた僕を見上げて、にっこりと微笑んだ。歳は十歳くらいだろうか。白い小さな顔に三日月形の目が並んでいる。長い軟らかそうなスカートから、リボンの付いた靴が片方だけ見えた。

「こんにちは、お名前は？」少女が僕にきいた。

壁に肩をつけて斜めに立っている土岐野を僕は見た。彼は目を思いっ切り上に向けてみせる。

「お名前はって」土岐野が言った。

「カンナミだよ」僕は少女の方を向いて答える。濡れた髪をタオルで拭く。幸いズボンは穿《は》いていたけれど、上半身は裸だったので、なにか着ようと思った。ベッドの方へ行き、服を探す。

「私のことをきかないの？」後ろで彼女が言った。

「誰？」僕は二段ベッドの中に頭を突っ込んだままきいてやる。

シャツを一枚引っ張り出して、それを頭から通した。本当なら、すっかり髪が乾いてからの方が良いわけで、こういう不本意な手順が、僕を少し苛立たせた。

シャツを着てから、もう一度タオルで頭を拭いた。ようやく落ち着いて深呼吸。デスクにあった煙草《たばこ》を手に取り、一本抜き取って火をつける。そして、そこにあった椅子に腰掛けながら、部屋の中央に座っている少女を見た。

彼女は僕を睨んでいるのだ。

僕は壁際の土岐野を見た。もしかしたら困った顔をしていたかもしれない。

「お名前はって」土岐野は顎を突き出して囁いた。そうやって、ちゃんと尋ねてやれ、という意味だろう。

「えっと、お嬢さん、お名前は？」僕は彼女に尋ねた。

「お話するときには、ちゃんと相手の目を見なくては駄目なのよ」

「ごめん、謝るよ」

少女はにっこりと笑う。

「カンナミ君ね、カンナミ、なんていうの？」

「ユーヒチ」

「ユーヒチ君」彼女は唇を噛んで満面の笑み。「私はね、クサナギ・ミズキです」

「え？」僕は驚いて、すぐに土岐野を見る。彼は顎に片手を当てて笑いを堪《こら》えているふうだった。

「えっと、つまり、あのクサナギさんの……」

「妹です」草薙瑞季は答える。

「へえ……、そう」僕はとにかく頷いた。

「よろしく、ユーヒチ君」

「うん、よろしく」

「何を、よろしくなの？」

「君がさきに言ったんだよ」

「私のよろしくは、お友達になって、お話をするっていう意味」

「僕も、だいたいそれ」

話しながら、彼女を観察する。そう言われてみれば、どことなく草薙水素に似ている。折れそうに細い腕の先の小さな白い手が、膝に乗っていた。彼女は急に笑うのをやめて、自分は貴婦人だと言いたげな澄ました表情になった。鏡を見て練習している顔かもしれない。

彼女が黙っているのは、僕がした約束を試すつもりだ。なにか話を切り出さなければ……。

「何をしに、ここへ？」僕は尋ねる。

「ここって？」瑞季は小首を傾げた。

「この部屋」

「あぁ……」小さく口を開けて頷き、少し斜めに瞳を向ける。「うんと、学校がお休みなの。それで、お姉様のところへ遊びにきているのだけど……、えっと、一人で待っているのは寂しいから、お姉様は駄目だっておっしゃったのだけど、えっと、泣いてお願いして、ついてきて、でもって、お仕事の邪魔にならないように、探検をしているところ。でもね……、私は、男の人が恐くなんてないのよ。特に、飛行機に乗る男性には、そういった気持ちは、えっと、何て言うのかしら……」

「湧《わ》かない」土岐野がすぐに言った。

「そう、それ」彼女はこくんと頷いた。

　僕は煙草を吸いながら、土岐野をちらりと見る。どうして、彼女が話そうとしていることを彼は先回りして見抜けたのだろうか。僕にはさっぱりわからない。そもそも、少女の話の筋が僕にはまったく見えなかった。ただ、とても可笑しかったのは事実で、しかし、笑ったりしたら失礼だと言われそうだし、真面目な顔を保持することに神経を使った。

「ナホフミ君」瑞季は横を向いて土岐野を見た。その横顔は草薙水素にそっくりだった。特に鼻と顎のラインがほとんど相似といって良い。「お座りになったらどう？」

「え、どうして？」土岐野が壁から肩を離して真っ直ぐに立った。

「落ち着かないわ。ねえ、三人でなにか楽しいことをしない？」

僕は時計を見た。そろそろ夕食時である。

「たとえば、どんなこと？」土岐野はソファまで歩いて、そこに腰掛ける。少女は彼が近づいたので、目を大きくして、唾を飲み込んだ。まるで、サーカスのライオンを見ているような目つきだった。

「えっと、そうね……」大きく瞬きをして、瑞季はまた唇を噛む。「なにか、ゲームはないの？」

「うーん、ないな」土岐野が答える。「カンナミ、なにか持っているか？」

「いや」僕は首をふった。トランプさえ、この部屋にはない。「コインでおはじきでもする？」

「馬鹿みたい」少女が顔をしかめて僕を見た。

「いや……、やりだせば、けっこう面白いと思うけれど」

「いつもは、何をしているの？　二人で遊ばないの？」彼女は、不思議そうに僕と土岐野を交互に見る。

僕も土岐野も答えなかった。そう言われてみれば、最近遊んだことはない。少なくとも、キャッチボールをしたり、チェスをしたり、なにかでちょっとした賭けをしたり、そういったことはこの頃では一度もなかった。僕たちは、ここでただ生活をしているに過ぎない。酒を飲んでも誰も酔わない。声を上げて笑うことだって珍しい。

「子供なのに？」少女は口を尖らせて呟いた。

2

土岐野は急に電話をかける用事を思い出した、と言って部屋から出ていった。本当かどうか怪しいものだ。草薙瑞季と僕は部屋に二人だけ残されて、辺りにすっかり充塡《じゅうてん》した重苦しい沈黙で身動きが取れなくなった。こういうときって、空気が沢山の風船になったみたいに、ぎしぎしと音を立てそうだ。

「何をする？」彼女がきいた。

「いや、べつに？」僕は答える。

「私がいなかったら、何をするの？」

「ベッドに寝転がって、本でも読むかな」

「そのとき、ナホフミ君は何をしているわけ？」

「さあね……」僕はいつもの部屋の様子を必死に思い出す。「彼は、そうだね、この部屋にいることがあまりないし、談話室でビールを飲んでいるか、それとも、どこかへ出かけているんじゃないかな」

「ふうん……」瑞季は少し困った顔をしたが、小さく頷いた。「いいわよ。そうして」

「え？　どういうこと？」

「ベッドに寝転がって、本をお読みになったら？」

「君は、何がしたいの？」僕は尋ねた。

「ユーヒチ君とお話がしたい」

「している」

「ええ……」ちょっとだけつくり笑いをして、少女は肩を竦《すく》めた。

僕は脚を組み直す。少女は背筋を伸ばす。

また沈黙。

今のこの部屋は、けっこう乱暴に扱われても、中身がそれほどごちゃごちゃにならないまま、つまり傷まないで運ぶことができるだろう。それくらい、沈黙でしっかりパックされている状態だ、と僕は想像した。

少し暑かった。シャワーを浴びたばかりだったせいだろう。

「外を歩かない？」僕は提案した。

「ええ」少女はこっくりと頷く。

「誰かに、ここを案内してもらったことは？」

「ない」

「飛行機は見た？」

「見たい」少女は立ち上がる。「そうだ。それをお願いするのを、私すっかり忘れていた。どうしちゃったのかしら。男の方とお話をすると、普段だったらすらすらとできるおしゃべりが、急にできなくなってしまうって、そう、お友達が話していたから、私、そんなことがあるはずないって、そう言ってやったんだ。でも、もしかして、今のがそうなのかな……」

「引出が急につっかえてしまうようなものじゃないかな」

「引出？」

「うん。たいていは、奥の方でなにかが斜めになって引っかかっているんだ」

「あぁ、そうそう……、なんだかいらいらする」

　僕と瑞季は部屋を出て、通路を歩いた。階段を下りて、中庭に出る。オフィスの方を窺ったが、談話室に照明は灯っていなかった。土岐野はそこではなさそうだ。滑走路が見えるところまで来ると、少女は立ち止まった。

「凧《たこ》揚げができるわ」振り返って僕を見上げる。

「うん……、でも、誰も凧なんて持ってないよ」

「作れば？　とっても簡単なんだから」

「うん、そうかもね」

今度は僕が先になって歩き、格納庫の方へ向かった。半分上がったシャッタから光が漏れ出ていた。笹倉がいるようだ。きっと迷惑な顔をするだろう。その様子が簡単に想像できて、可笑しかった。

「花火？」

シャッタを潜《くぐ》ると、眩しい閃光《せんこう》が奥で光った。

「いや、溶接だよ」僕は、彼女がそちらを見ないように、彼女の前に立った。「見ちゃ駄目だ」

「え？　どうして？」

「光が強過ぎるんだ。目に焼きついてしまって、あとで、どこを見ても、ぼんやり白いものが見えてしまう」

「面白そう」少女は僕を避けて奥を覗き込む。

また、閃光で室内が明るくなる。僕は少女の目の前に躰を移動させる。

「意地悪ね」

「そうじゃない」僕は微笑んだ。「見たかったら、メガネをかけた方が良い」

「私、目は悪くない」

「強い光で、目が悪くなるんだ」

奥へ歩いていくと、笹倉が僕たちに気づいて、溶接機のスイッチを切りにいった。彼は丸い黒いメガネを頭の上にやった。

「やあ」僕は挨拶する。

「どこの子？」笹倉は瑞季を見て言った。

「私はクサナギ・ミズキ」彼女は名乗る。「メガネを私にも貸してもらえない？　あ、ごめんなさい。貴方、お名前は？」

「ササクラ」彼は汚れたツナギのポケットから煙草を取り出した。その一本を口にくわえて、僕の方を向く。「クサナギ氏の？」

「そう」僕は頷いた。「溶接のグラス、もうない？　光るところを見せてあげてほしいんだけど」

「どうして？」煙を吐いて笹倉がきいた。

「私が見たいから」少女が答える。

笹倉は彼女を数秒間黙って睨みつけた。微笑んでいた少女の顔が変化し始めた頃、彼は頭の上のメガネを取り、彼女に差し出した。

「ありがとう」ミズキはメガネを受け取り、嬉しそうにそれをかける。「わ、なにも見えない、これ」

「天井の蛍光灯なら見えるよ」笹倉が言う。彼は溶接機の方へ歩いていく。「危ないから、こちらへ来ないでくれ」

彼は道具棚にあった溶接用のマスクを手に取り、スイッチを入れてから最初の位置に戻った。そして、分厚い手袋を右手にはめると、溶接棒が突き出たグリップを握った。そこからは、太いコードが溶接機まで繋《つな》がっている。笹倉はようやく足もとで煙草を消した。台車の上にあるフレームらしき部品に向けて、彼は溶接棒を近づけ、同時に自分の顔をマスクで隠す。

僕は横を見た。

閃光。

じいじいという音。

鉄が熔《と》ける匂い。

少女はメガネをして、光源を見ている。

彼女の影が、後ろの壁に大きく、しかも鮮明に映った。

火の粉が飛び散り、閃光は明滅する。

金属が熔けて丸みを帯びる。赤くなって光を失う。彼女はそれを見ているだろう。僕は少女の白い横顔をじっと見ていた。滑らかな頬が、光を受けて一層白く見えた。小さな唇は僅かに開き、その近くに片手が閉じるでもなく、開くでもない半端な形で添えられている。

「すごーい！」高い声で瑞季は叫ぶ。

僕は煙草に火をつけ、煙を勢い良く吹き出す。多少は気持ちが良かった。自分はとっくに忘れてしまった感情だ。それが、ぼんやりと遠くで光っている。懐かしい、と思った。

「どうして火を出しているの？」少女が質問する。

「出したくて出ているわけじゃないよ」笹倉に代わって僕が答える。「ようは、熔けるくらい熱くしたいだけで、それが、思いがけず派手になってしまうんだ」

「なんでもこれで、穴が開けられる？」

「穴を開けているんじゃなくて、くっつけている」

説明が面倒になった。僕は煙草をくわえたまま、シャッタの方へ歩き、頭を下げて外へ出る。瑞季がまだ笹倉になにかを尋ねていた。大きな高い声だったので、よく通る。笹倉はいつまで黙っていられるだろうか。

オフィスの方向から草薙水素が歩いてくるのが見えた。

3

「悪い」草薙は無表情でそう言った。

「何が？」僕はきく。

彼女は膝を折り、シャッタの下から格納庫の中を覗き込んだ。もう溶接の閃光は光っていない。その代わり、少女の話し声が聞こえた。笹倉が相談員を引き受けているようだけれど、彼の声は聞こえなかった。草薙が戻ってくる。

「あの子を見ていると、ときどき、自分が嫌になる」珍しく、冗談っぽい口ぶりだった。さらに珍しいことに、草薙は少し笑った。話した内容もよくよく考えてみれば、とんでもなく珍しかった。草薙博物館があったら最重要品目になるだろう。

「どうしてです？」僕は動転してしまって、つまらない相槌《あいづち》的質問しかできなかった。

「さあ……」彼女は急に表情を戻す。「もう、連れて帰る」

「妹だって聞いたんですけど……」僕は話しかけた。しかし、草薙はさっさとシャッタの中へ消えてしまった。

煙草がまだ半分ほど残っていた。人生と同じで、途中で踏み潰すわけにはいかない。

二、三分して、草薙は瑞季の手を引いて出てきた。そのまま二人はオフィスの方へ歩いていく。少女は途中で振り向いて、僕を見てにっこりと微笑んだ。溶接用のグラスはもうかけていなかった。彼女の人生で、それをかけることは二度とないだろう、と思う。

煙草を吸いながら、笹倉が出てきた。

「ご苦労さま」僕は労《ねぎら》いの言葉を口にする。まったく、そのとおりの気持ちだった。彼は口もとを少し上げて応えた。意外に機嫌が良さそうだった。

滑走路側から暗い小径を誰かが歩いてくる。途中、格納庫の窓から漏れる明かりで、土岐野だとわかった。彼は、僕たちの方へ近づいてくる。

「帰ったか？」彼は小声できいた。

「ついさっき」僕は答える。吸殻入れに煙草を投げ入れた。夜風で髪はすっかり乾いている。少し寒いくらいだった。

「帰れって言ってやったのか？」

「クサナギ氏が連れにきた」

「ありゃ、妹なんかじゃない」土岐野が言う。彼はポケットに両手を突っ込み、足もとを見た。今から、片足で内緒の文字を地面に書く、というような仕草だった。

「どういうこと？」なかなか土岐野が話さないので、僕は尋ねる。

「娘だよ」土岐野が言った。

あぁ、なるほどな、と思う。笹倉も少しだけ口を開けただけで頷いた。理解は簡単だ。そうだ、考えてみたら、その方が可能性が高い。

あの子を見ていると、ときどき、自分が嫌になる、という草薙水素博物館の言葉が耳に残っている。いろいろ考えようとしている自分にブレーキをかけて、僕は部屋へ戻ることにした。土岐野は食堂へビールを飲みにいったようだ。笹倉は溶接の続きだろう。

僕たちは、こうして普通の夜に戻った。

　ベッドで本を少し読んでいるうちに眠ってしまい、僕は久しぶりに夢を見た。それに気づいて目を覚ましたのは、深夜。

　部屋は真っ暗だった。僕はベッドから足を下ろし、しばらく座っていた。上の段には土岐野が眠っている。微かに寝息が聞こえた。

　夢に出てきたのは、例の少女。そう、草薙瑞季だ。

　僕は川で釣りをしている。水の中に膝まで浸かって、長い竿《さお》を握っていた。もう何時間もじっとそうしていたような感じだった。

　振り返ると、彼女が立っていて、僕よりはずっと浅瀬で水に足を入れていた。スカートが濡れないように、彼女はそれを両手で持ち上げている。

「魚が恐くない？」少女は僕にきいた。

「どうして？」

「あの顔が恐くない？　口を開けて、歯をむき出して……」

「そうかな」

「目も恐いわ」

「まあ、そうかもね」僕は軽く答える。

「魚の顔をした人が歩いていたら恐いでしょう？」

「うーん、でも……、魚が進化して、両生類とか、は虫類とかになって、そこから、鳥類や、ほ乳類が生まれたんだよ」

「魚はずっと魚のままだわ」

「人だってずっと人のままだよ」

僕は少女の足もとを見た。透明な水が流れている。そこに黒い魚が泳いでいた。彼女は自分のスカートでそれが見えないようだ。教えない方が良いだろう。気づいたら、悲鳴を上げるかもしれない。僕は顔を上げて、少女を見た。

そこに立っているのは、瑞季ではなく、水素。そう、草薙水素だった。

服装はそのまま。しかし、背丈は高く、紛《まぎ》れもなく、今の彼女だ。真っ直ぐな眉を片方だけ僅かに持ち上げて、目を細め、僕を見据えている。僕はとても驚き、持っていた釣竿を落としてしまった。

釣竿が流れていく。僕は慌ててそれを追おうとしたけれど、足に水が絡みついて、うまく歩けない。思わず前傾し、両手を水に突っ込んだ。

黒い魚が目の前を通り過ぎる。たしかに恐ろしい顔をしていた。

なんとか岸に上がって、座り込む。草薙水素が僕の横に並んで座った。

「どうした？」彼女がきいた。僕の顔を興味深げに覗き込んでいるのだ。「進化しようとしたの？」

「え？」僕はきき返す。

「二人で、進化しよう」

「え？」

進化？

二人で？

どういう意味なのか、僕は考える。

草薙は立ち上がり、歩いていく。河原の少し高いところに黄色のテントが張ってあった。彼女はその中に姿を消した。

僕は、彼女を追う。

どうしても、そのテントの中が見たかった。

そして……、

入口の布を捲《まく》り上げたとき、

暗いテントの中で、

それを、見た。

そこで目が覚めたのだ。僕の心臓はいつもの三倍は速かった。まるで、急上昇しているときのエンジンのようだった。肩に力が入って痛かったし、両手は握り締められ、汗をかいていた。

ベッドに腰掛けたまま、ゆっくりと、そして静かに、人間らしい深呼吸を繰り返した。こういう経験は初めてではなかったので、そうすれば、正常な状態に戻れることを、僕は学習していたのだ。

意識して力を抜き、リラックスする。

夢のことは、だんだん色褪《あ》せ、

妙に可笑しいものへ、

不思議なものへ、と変化する。

笑いたくなるようなお伽噺《とぎばなし》。

ファンタジィ。

子供の夢だ。

背中に凝りが残っていたけれど、なんとか普通のコンディションに戻った。

良かった……。

額の汗が冷たい。

僕は音を立てないように注意して、部屋を出る。デスクにあった煙草を持ってきた。そして、中庭に出たところで火をつけた。ライタが消えると、中庭は沼みたいに真っ暗だった。煙を吐き出しても、それは見えない。指の先で、煙草の赤い光だけが空中に動いている。

テントの中で見たもの。
それは、僕が何度も見たものだったけれど、
もう、思い出せなかった。

4

篠田虚雪《ウロユキ》とは、あるとき一度だけ一緒に飛んだ。そのまえの出撃で湯田川が片目に怪我をしたからだった。これは完全な不注意で、敵機にやられたものではない。彼は一週間ほど眼帯とメガネを両方していた。こういった場合、普通なら土岐野が代わりに出るのが順番だったけれど、彼は風邪で高熱を出して唸っていた。僕は染《うつ》らないように、談話室で一晩寝たくらいだった。

そういった経緯《いきさつ》で、僕は篠田という男と二人で空に上がった。ここへ配属になって既に二カ月以上経っていたのに、篠田とはほとんど口をきいたことがなかった。彼の声がどんなふうなのかも不明だった。

篠田は、四人の中では最古参らしい。それらしいことを、たしか湯田川が話していた。魔法使いのように陰気な風貌で、顎も鼻も尖っている。決まって黒っぽい服装で、必ず長袖だった。胸のポケットにいつも金色のペンを差している。彼は煙草を吸わない。ここで

は、彼一人だった。

　そのときは、海岸線を南に飛んで、そこから海上へ一時間ほど出た。目標はすぐに見つかって、接近したが、どうみても民間の漁船だったので、攻撃はしなかった。一番怪しまれるのは、潜水艦への物資補給船という可能性だけど、それにしては船自体が小さいし、乗組員も不審な感じではなかった。

「でも、撃ってみないと、わからない相手もいるから」僕は無線でそう話した。

「やってみろ」篠田は言った。

「いや、やめておく」僕は既に旋回に入っていた。

「俺がやってやろうか？」

「いや、帰ろう」

　今までで一番沢山話した会話がこれだった。燃料をかなり残して僕たちは帰還した。飛行機の格納庫は離れていたので、僕は飛行機を降りてから篠田のところまで走っていった。オフィスへ報告にいくまえに、一度話をしておこうと思ったからだ。格納庫の中で、彼は主翼の上に乗って、キャノピィをウエスで拭いていた。

「お待たせ」僕は言う。

　篠田は僕をちらりと見たが、なかなか下りてこなかった。僕はしばらく格納庫の戸口で煙草を吸って待っていた。ようやく彼が出てきたので、一緒に歩く、オフィスの草薙の部屋までずっと黙って……。つまり、なにも話せなかった。

草薙への報告は一分で終わった。全部僕が説明した。

「他には？」草薙は椅子の背にもたれてきいた。

「それだけです」

「OK、ご苦労さま」

僕たち二人は通路に出た。

階段を下りているとき、後ろでドアが開いて、草薙が顔を出した。

「そうだ、ちょっと厄介なことがあるんだ」彼女は僕を見て言った。「ついさっきだけど、急に連絡があって、二時間後に見学者が何人かここへ来るから、カンナミ君、ちょっとつき合って、案内をしてあげて」

「はい」僕は頷いた。

「五、六人。三十分くらいで帰ると思う」

「わかりました」

篠田はさっさと先へ行ってしまい、談話室で雑誌を広げていた。しかし、この場所にいることが、彼にしたら珍しいことだった。もしかして、僕を待っていてくれたのかもしれない。

「まえに一度、来たことがある」篠田が突然話した。

「え？　何が？」僕は椅子に腰掛けながらきいた。片手はポケットの中の煙草を摑んでいた。

「見学者」

「あぁ……」僕は頷く。「どんな感じでした？」

「ぶっ殺してやりたくなる」そう言って、篠田はにやりと笑った。笑ったところを初めて見た。

「ぶっ殺した？」僕は微笑んできく。

「いや」

「どうして？」

「銃を持っていなかったから」

「あぁ、そうか」僕は頷いた。「それじゃあ、僕も見習おう」

「あの女なら、とっくに撃ってる」

「え？」僕は眉を顰《ひそ》める。「あの女って？」

「二階の」篠田は顎をしゃくった。どうやら、草薙水素のことらしい。

「クサナギ氏なら、撃ってるって……、誰を？」

「誰でも」

「どうして？」

「いつでも、銃を持っている」

ジョークかと思って、僕は笑った。でも、篠田は笑わなかった。上目遣いに僕を見据えている。獲物を狙うような目つきだ。前髪が目にかかり、その隙間で白目の部分が鮮明だった。

「お前、クリタのこと、聞いたか？」篠田はまたにやりと笑った。白い前歯が覗き見えた。

「聞いてない」僕は即答する。

栗田仁朗は、僕の飛行機のまえのパイロットだ。僕が来るまえに、彼はここから消えている。どうなったのか、誰も話してくれない。死んだのか、どこかへ配置換えになったのかさえ。

「どんな話？」僕は尋ねる。

「あの女が、撃ったんだ」篠田は言った。

「クサナギ氏が？」僕は身を乗り出した。「クリタさんを？」

篠田は頷く。彼は立ち上がり、読んでいた雑誌をラックの中に投げ込むように戻した。

「本当に？」僕は尋ねる。

篠田は一度だけ僕を横目で見たけれど、そのまま談話室から出ていった。

僕は椅子に座り直し、目を閉じる。

本当かもしれない、と思った。

5

団体の見学者は六人で、全員女性だった。年齢は四十代か五十代だろう。団体名がマイクロバスのフロントの名札に書かれていたが、忘れてしまった。どういうわけか、全員が僕の二倍は体重がありそうだった。でも、そういう共通点で集まったグループというわけではない。うちの会社にどんなゆかりがあるのか、支持者なのか、それとも反対派なのか、それも不明だった。もっとも、特に危険な関係の人間なら、見学などさせないだろうし、本部からそれなりの接待係がやってくるだろう。そんな一大事ならば、草薙だって、出てくるはずだ。僕一人に任せられる、ということは、どうでも良い相手である、という意味にちがいない。

滑走路の端を少し歩いて、格納庫へ案内した。運良く、笹倉はいなかった。僕は飛行機の説明を簡単にした。これがエンジン、これがプロペラ、これが機関銃、といった感じ。幼稚園児に単語を教えているみたいだった。

「これは、貴方の飛行機なの？」茶色のスーツを着た女がきいた。いつも先頭を歩いていたから、彼女がグループのリーダ格なのは明らかだった。

「はい、そうです」

「もう、どれくらい出撃なさったの？」隣にいた緑のワンピースの女が質問した。日傘も緑で、ついさっきも滑走路で広げていた。今はそれを太い腕に抱えている。

「ここへは、来てまだ日が浅いんですけど……、もう五年ほどは、乗っています」

「どんな感じ？」緑の女がきく。

「え？　何が？」

「空を飛んでいるときのことです」目を細めて不思議な表情だった。

「うーん、どんな感じ、といっても……」僕は苦笑いする。「空を飛んでいるような……、というのか……」

女たちはくすくすと笑った。まあ、可笑しかったのだろう。ジョークが受けたので、僕も悪い気はしなかった。

「相手を撃ち落としたときは？」今度は後ろにいた別の女が質問した。嗄《しわが》れ声だった。よくよく顔を見ると、かなりの年寄りだとわかる。六十を超えているかもしれない。「もう、何機も撃ち落としたのでしょう？」

「ええ」僕は小さく頷いた。

「飛行機に撃墜マークを描かないの？」茶色のリーダの女が横から口を挟む。

「まえの飛行機までは描いてましたよ」僕は答える。「急に配属換えになったから」

「こっちの飛行機にも、今までの分を描いたらいいんじゃない？」

「マークだけ描いても、信じてもらえない」

「データが来るでしょう?」

「うん、まあそうですね」僕は頷いた。そんな面倒なこと、考えてもいなかった。

「ねえ、どんな感じ?」また後ろから嗄れ声。老人が目尻に皺を寄せている。「撃ち落としたときは、どんな感じがするの?」

「これで、帰れる、と思います」僕は答えた。

一人が手を叩いた。小柄でビニルの人形のような女だった。何事かと思ったけれど、どうやら拍手のつもりらしかった。他の全員が彼女を睨みつけるようにして見た。拍手をやめて、そのビニル人形は知らん顔でシャッタの方を向いてしまった。

「なんかゲームみたいね」誰かが囁いた。

そのとおりだ、と思ったけれど、聞こえなかった振りをする。

「でも、あなた方が戦っているおかげで、私たちはこうして、ええ、平和に暮していられるのです。本当に、それは感謝していますよ、ええ」リーダの女が言った。

「いえ、これは仕事ですから」僕は微笑んだ。営業用のスマイルというやつだ。

特に、誰かのために戦っているわけじゃない。国のためでもないし、まして特定の人々のためでもない。僕は賃金をもらっている。それに、僕たちにはこの仕事が向いているのだ。それは自分でもよくわかる。逆に僕には、普通の人が、僕たちをどう思っているのかが、本当のところ理解できない。それは是非とも本心をきいてみたかった。

そうはいっても、今ここで、この女たちに尋ねるのは、まったく気が向かない。後ろに立っている老女の皺の寄った顔。白い顔に赤い唇。その異様な化粧が僕を睨んでいるのだ。それは、とても同じ種族に対する視線とは思えなかった。

僕は一瞬、右手を意識した。

そして、篠田が話していた言葉を思い出す。

空の上で出会ったら、撃っていたかもしれない。

そう思うと、少し可笑しくて、僕は思わず微笑んでしまった。

「えっと、あの女の子は？」茶色のリーダがきいた。「ここ、女の子がいたでしょう？まえに来たとき、案内してくれたわ」

「クサナギさんですか？」

「あぁ、ええ、そんな名前だったかしら」

女の子、という表現には抵抗があったけれど、彼女たちから見れば、草薙水素も間違いなく女の子だ。

「オフィスで仕事中です」僕は答える。「ちょっと大事な用件で持ち場を離れられないみたいです」我ながら、すらすらと嘘が言えると感心した。

「これを渡してもらえない？」リーダの女は持っていた紙の手提げ袋を差し出した。「プレゼントを持ってきたの。つまらないものですけれど」

「わかりました」僕はそれを受け取る。包装された箱が入っていた。重くはない。たぶん、お菓子の類だろう、と思う。

　そのあと、宿舎の食堂をざっと見てもらい、最後に中庭へ出た。そこで、彼女たちは丁寧なお礼を言った。聞いているのが恥ずかしくなるような内容だった。

　マイクロバスがゲートから出ていくと、僕は煙草に火をつけて、深呼吸をした。さすがに少し疲れたな、と自覚する。

「お疲れ」上から声がしたので、振り返ると、オフィスの二階の窓から草薙水素が顔を出していた。

「お土産をもらいましたよ」僕は持っていた紙袋を少しだけ持ち上げる。

「何？」

「お菓子だと思います。草薙さんにって」

「いらない」彼女は無表情で一度だけ首を横にふった。「みんなで食べて」

　窓が閉まる。

　僕は、煙草をくわえたまま、談話室へ向かった。もちろん誰もいない。土岐野は部屋で眠っている。風邪を染されるのが嫌だったので、今は談話室が僕の寝場所なのだ。湯田川と篠田も、たぶん自分の部屋だろう。

僕は、お土産の箱の封を破って、中身を見た。お菓子なら、コーヒーでも淹《い》れて、久しぶりに一人でゆっくりしようと思ったのだ。しかし、中身はおもちゃだった。着せ替え人形だ。

ロビィに草薙が下りてくる。僕を見つけて、こちらへやってきた。

「コーヒーが飲みたかったら、上にあるよ」草薙は言った。

彼女はテーブルの上の箱の中身を見た。

「瑞季ちゃんにあげたら良い」僕は提案する。

「まったく……」彼女は舌打ちした。「厭味なことしやがる」

「厭味なんですか？」僕は吹き出した。

厭味だとしたら、最高に質の良い厭味ではないか、というのが僕の素直な感想だった。

着せ替え人形は、航空会社の制服を着ていた。金髪でストレートヘアの女の子だった。草薙水素にはまったく似ていない。

「でも、助かった。ありがとう」彼女は向かい側のソファに座って言う。

「何が？」

「接待役」

「あぁ……」僕は頷く。「べつに、大したことじゃ」

「そう？」草薙は、呆れた顔で目を見開く。「よくわからない人だね、君って」

「どうして？」

「とにかく、私は嫌で嫌でしかたがなくて、ホント、助かった。夕食をご馳走する」

「え、本当に？」僕は嬉しくて、咳き込んでしまった。

「変な人」草薙は笑った。

6

草薙は、オフィスの電話番を湯田川に任せた。片目でも遂行できる任務だった。土岐野は既に熱が下がって、大丈夫の様子。見にいったら、起き上がってビールを飲んでいた。

「来るな来るな来るな」彼は僕を追い払った。「染るぞ」

「ちょっと出かけてくるよ」

「報告無用」

僕はジャケットだけ持って部屋を出た。事務棟の前で草薙の車が待っていた。僕は助手席に乗り込む。彼女は、ゲートを出て右へ車を向けた。ちょっと意外だった。そちらは初めての方向だったからだ。基地は大きな川に挟まれた中州にある。片方の川には橋が架かっているが、もう片方にはない。つまり道をそちらへ行っても先で行き止まりになる、と聞いていたので、これまで一度も行ったことがなかった。

滑走路が右手に見える。といっても、視界の下半分がシルエットで、それよりも少しだけ明るい空の底に沈殿しているみたいだった。道の先は、ヘッドライトが照らすぼんやりとした空間だけしか見えない。

途中で道路は砂利道になり、少し上って、草原に出た。ちょうど滑走路の端になる。この上を何度か飛んだことがあったから、ロケーションはだいたい頭に入っていた。この向こうはすぐに川のはずだ。

今度は下り坂になる。低い樹々が密集している一帯が近づき、その中に、小さなログハウスが見えた。草薙の車は、その小屋の前の広場に停まった。

彼女は黙って降りる。僕も外に出た。

辺りは空以外とても暗い。近くに明かりはなかった。電信柱が一本あって、ログハウスに弛《たる》んだ電線を届けていた。林と草原に囲まれて、静かだ。川が近いはずだが、見えないし音も聞こえなかった。もちろん、他に人家など一軒もない。

「ここは？」僕は尋ねた。

草薙は既に小屋の前のステップを上がって、戸口に立っていた。鍵を開けているようだ。

ドアが開く。室内のライトが灯る。オレンジ色に見えた。

鳥の鳴き声が聞こえる。空には星が散らばっている。月はない。風もない。僕の足音は、ゴムが収縮するような奇妙な音だった。今まで気づかなかった。いつもと同じ靴なのに。

草薙水素は基地で生活をしている。彼女だけではない。勤務している者は全員そのはずだ。近くに街はなく、手頃な住宅はない。それに、こんな仕事をしている人種を簡単に泊める宿だって限られる。この小屋が、草薙が生活している住居でないことは明らかだった。出かけるまえに彼女は何と言ったっけ……。僕は思い出す。たしか、夕食を奢《おご》ろう、と聞いた。そう認識していたが、単にご馳走する、と言っただけかもしれない。奢るといっても、ドライブインまで車を飛ばさないかぎり、近くに食事ができるような店はなかった。

僕も、木製のステップを上がり、室内に入った。

湿った空気が、不思議な香だった。革のような、テントのような、古い人形のような、そんな歴史を感じさせる複雑な匂いだ。ソファ、テーブル、キャビネット、暖炉、絨毯《じゅうたん》、揺り椅子、窓、カーテン、カウンタ、冷蔵庫、テレビ、奥にもう一つだけドア、壁に掛かった連続模様の布、鳥のいない鳥籠、マガジンラック、カウンタの向こうで屈《かが》んでいる草薙、グラスが並んだ薄っぺらい棚、小さな顔が沢山整列した写真、額縁、ステンドグラスの笠を被った白熱電球、花のない花瓶、白いスリッパ、丸い椅子の上にはくすんだ色の熊の縫いぐるみ。

「ここは？」僕はまだ玄関のドアを閉めていなかった。

「何が飲みたい？　ビール？　それとも、ワインが良い？」草薙は屈んでいるので、顔が見えなかった。

「ソフトドリンクは?」

「ごめんなさい」草薙が顔を出して首をふった。

「じゃあ、ビール」

僕はドアを閉めた。室内は闇を締め出して、少し明るくなった気がする。

「座って」

僕は彼女の指示に従って、ソファに腰掛けた。窓にはカーテンが引かれているので、外は見えない。天井は高く、太い梁《はり》が剝《む》き出しでクロスしていた。暖炉の煙突は黒い金属製の円筒で、真っ直ぐに天井近くまで伸び、そこから斜め方向に曲がっている。

草薙がグラスを二つ持ってくる。僕に一つを手渡し、もう一つをテーブルに置いた。それから、部屋の隅にあった丸い小さな椅子を取りにいき、それをテーブルの近くまで運んできた。彼女はそれに腰掛ける。両脚を両側に広げて伸ばし、両手を椅子につけて、まるで体操選手が平均台の上でやるようなポーズだった。

「で? 何?」彼女はきいた。特に表情は変わっていなかったけれど、笑っているように見えないこともない。たぶん、ここのオレンジ色の照明のせい、それとも、僕の気のせいだろう。

「ここは?」僕はビールに口をつけながらきいた。その質問は三度目だ。

「宿泊施設」草薙は答える。「ゲストルームみたいなもの」

「へえ……」僕は頷いた。「それは凄《すご》い」

「ええ」

「ここで、これから、食事を？」僕はきく。

「お酒は飲めない？」

「うん、強くはない」僕は正直に答える。「でも、うん、これくらいは大丈夫。味は好きなんだけれど」

「何がいけない？」

「頭が痛くなる」

「頭が痛くなると、何がいけない？」

「考えるのが嫌になる」僕はまたビールを飲んだ。

「それが、困る？」

「いえ……」僕は笑った。「そんなこともないかな」

草薙は腕を伸ばし、テーブルのビールを取り、一気に半分ほど飲んだ。それから、上着を脱いで、揺り椅子の背に掛けにいく。ポケットにあった煙草の箱を取り出し、火をつけながら戻ってきた。

「さてと」煙を溜息と一緒に吐き出して、彼女は言った。「じゃあ、なにか作るか」

「料理を？」僕は腰を浮かせる。「手伝いましょうか？」

「どうせろくなものはないんだから、気にしないで」片手を振って草薙は言った。「インスタントの類ばかり。あ、君、もしかして、料理が得意？」

「いいえ、全然」僕は首をふった。「食べるのも得意じゃないし」

「それは良かった」草薙は真面目な表情で頷き、煙草を片手に持ったまま、もう片手でグラスを一気に傾けた。「ふう……。そうだ、テレビでも見てて」

「いえ……」僕は答える。「できたら、話をしている方が良い」

「そう？」キッチンの方へ歩きながら、彼女は答える。「おしゃべりが好きなふうには見えなかったけれど」

「どうして、僕をここへ？」僕は率直にきいた。その疑問があまりにも重過ぎて肩が痛くなるほどだった。

「ここ、社員は使う権利があって、たまに使わないといけないってわけ」草薙が言う。「一応、そういうことを、私はみんなに伝える立場なんだけど、そうね……、誰も、一度きりで、ここへは二度と来ないかな」

「じゃあ、みんな、一度はここへ来ているわけ？　草薙さんと？」

「二人だけで来ることは、あまりないね」

「どうして？」

「さあ、どうしてかな」草薙は冷蔵庫を開けて中を覗いている。「食事を用意するのが面倒だから、とか」

「隣の部屋を見ても良いですか？」僕はグラスを持ったまま立ち上がった。奥のドアの中が気になったからだ。

「どうぞ」

グラスをテーブルに置いて、僕は奥の部屋を見にいった。ドアを押して開け、すぐ横の壁にスイッチを見つける。照明が灯ると、そこは今いるリビングの半分ほどの広さで、ベッドが二つだけ並んでいた。窓にはやはりカーテンが引かれている。籐製《とうせい》の低い箪笥《たんす》が二つ、壁に並んでいた。奥はクロゼット、あとはバスルーム。

僕は窓に近づき、カーテンの間から外を覗き見る。真っ暗でなにも見えない。焦点を変えると、自分の顔が一部分、暗く映っているだけだった。

二人なら宿泊できる施設、ということだ。三人いたら、一人はソファで寝なくてはならない。

僕はリビングへ戻った。草薙はキッチンでレンジの中に皿を入れて蓋を閉めたところだった。

「妹さんを、ここへ連れてきてあげたら良かったのに」僕はカウンタ越しに言った。

「公私混同になる」

「基地に、彼女がいるのと、どっちが？」僕は言う。

草薙は鼻から息をもらして頷く。僕を見据えて、口を斜めにした。

テーブルに料理が並ぶまえに、僕はビールをグラスで二杯飲んだ。草薙はその倍は飲んでいただろう。途中から彼女はワインに切り換え、そのボトルがカウンタの上に立っていた。

ラザニアっぽいどろっとした料理、スープに沈んだひねくれたパスタ、それから、缶詰から解放されたシーフードと玉蜀黍《とうもろこし》。フォークとスプーンはプラスティック製だった。

「旅客機で使っているやつじゃない？」草薙が言った。「プラスティックのフォークでだけは食べたくないな」

　しかし、彼女はそれで既にラザニアを食べていた。

　料理はどれも気の抜けた鈍感な味だったけれど、僕にはまったく不満はなかった。唯一の不満といえば、コーヒーがないことだ。でも、それも黙っていた。今夜が地球最後の日というわけでもないのだから。

　草薙は、ほとんど食べないで、ワインをがぶがぶと飲んでいる。いつもに比べれば確実に陽気だった。見学者が帰ったことがよほど嬉しかったのだろうか。理由はわからない。少なくとも、酔っているようには見えた。帰りは僕が運転しなければならないな、と思う。

7

飛行機の話ばかりだった。草薙も、もともとはパイロットだったので、話題はいくらでもあった。ここへ転属になって、こんなに沢山の話をしたのは初めてのことだ。土岐野や笹倉とだって、全部合わせてもこんなに話をしていない。もっとも、僕はほとんど聞いていただけで、一方的に草薙が話した。手振りで空中戦の様子を熱心に説明する彼女を、僕は眺めていた。表情は変わらないものの、確実に彼女は酔っ払っている。カウンタの上には、空のワインボトルが二本並んだ。

僕はといえば、ビールだけを少しずつ飲んでいた。多少ぼうっとしたくらいの酔い心地で、気持ちが良かった。料理は、どれも半分以上が残って、すっかり冷たくなっていた。

「一番凄かったのはね、もう完全に撃ち落としたと思った相手に撃たれたとき」草薙は片目を細めて、難しい表情で首をふった。「そいつが落ちていくんだ。コクピットの中まで見えていたから、なんだか見届けたくなってしまって、私も降りていった。向こうはもう、タンクに火が回っていたし、プロペラが止まりかけていたんだけれど、そのまま上手に降ろせば、海面に不時着できそうだった。なのに、ダイブして稼いだ速度で急に舵を切って、わざと失速させて、機首を持ち上げた。自殺行為だよね。それで、どうしたと思う？」

「向こうが？　それともクサナギさんが？」僕は尋ねた。

自分がもう駄目だと決まっても、相手を撃とうとすることは、普通の行動だ。それくらいは、草薙だって予想していただろう。相手がコントロール可能な範囲に、自機を持っていくはずがない。

「失速したところで、左翼の対地ロケットを撃って、その反動で、機首をこちらへ振った。凄いでしょう？　それで撃ってきたんだ。一瞬だけど、私はそいつの前を通らなくちゃいけなくなったってわけ」

「被害は？」

「キャノピィにまともに穴が開いて、私の大事なヘルメットに傷がついて、あと……、基地に戻ってきてから気がついたんだけど、左の首のこの辺に、アルミの破片が刺さっていた」彼女は首の後ろに片手を当てた。

「僕は墜ちたことがあるよ」僕はビールを一口飲んでから言った。「そのとき、脚を折った」

「海の上ね？」

「それとは別」

「え？　どこで？」

「さあ……」僕は笑う。「どこかな。それがわかるまえに、気を失ったから」

「病院へ運ばれた？」

「たぶん」

「誰が運んだの？」

「さあ……」

「飛行機は？」

「さあ……」僕は微笑んだ。「二度と会えなかった」

「どんなふうにして、墜ちたの？」

「尾翼が片方吹っ飛んで、えっと、でも、舵は利いたんだ、不思議と。だから、とりあえず、平たいところを探して、不時着したつもりだったんだけど、脚が片方出なくて、馬か牛のいる小屋の手前で、前のめりになって、逆立ちしたみたいに、うん、泥の沼みたいなところに主翼が片方沈んで、一応、そこで停まったんだけど、僕は自分で飛び降りて、背中を打って、えっと、そのままかな。よく憶えていない」

「脚を折っただけ？」

「うん、そのときは、脚じゃなくて、背骨が折れたと思った」僕はくすっと笑う。思い出し笑いだった。「痛くて声も出ないし、近くに、牛か馬がいて、僕を見ているようだった。アヒルみたいな鳥もいたかな。猫がいなくて良かった」

「どうして？」

「猫、嫌いだから」

草薙は手を叩いて笑った。僕はジョークを言ったつもりはなかったのに。

「沼からなんとか這《は》い上がって、泥まみれで、何時間もそこに寝そべっていた。飛行機が爆発しないことを祈ってね。煙を吐いていて、漏れた燃料が、沼の水面に流れ出ていた。煙草を吸いたかったけれど、我慢したんだ。火がついたらおしまい。でも……、ここに僕がいることを知らせるために、火をつける手もあるなって、考えたよ。煙草だって吸えるしね。だけど、だんだん、眠くなってしまって、結局そのまま」

「家畜がいたんだから、近くに人がいたのね？」

「たぶん」僕は頷く。「で、気づいたら、病院のベッド。そのときには、すっかり気分が良くなっていた。腹が空いていただけ。ただ、周りのベッドに酷い怪我をしている連中が沢山いたから、あまり元気な振りはできなかった。死にそうな奴も何人もいたから」

「死にたいと、思わなかった？」

「え？」僕はちょうど煙草を灰皿で叩こうとしていた。

顔を上げて、草薙を見る。

彼女は頰に片手を当て、じっと僕を見据えていた。

「そんな大怪我をして、いっそのこと、死んでしまいたいって、思わなかった？」

「そんな大怪我じゃなかった」

「死にたいと思ったことはない？」

僕は煙を吐く。グラスにまだビールが残っていたけれど、もうあまり飲みたくなかった。時刻はそろそろ二十一時くらいだろうか。ここへ来て、二時間は経っている。

「生きているのが、嫌になったことは？」草薙がきいた。

彼女はほとんど無表情。いつものとおり、冷静な印象だった。しかし、どことなくバランスを崩しているのは明らかで、口調も、そして仕草も、微妙に普段とは違っている。もちろん、アルコールのせいだろう。

「あるよ」僕は頷いた。「誰でも、あると思う。当たり前のことじゃない？」

「そういうのとは、次元が違う」草薙の口調はますます冷静になった。「そうじゃなくて、本当に、もうこれで終わりにしたい、もう充分だっていう……、何ていうのかな、もう見切りをつけてしまいたい、というような……」

「それって、どう違う？」僕は煙を吐き出してきいた。我ながら冷たい口調だと驚いた。

「子供が自殺するのと、同じじゃないかな」

「違う違う」草薙は小さく微笑んだ。「少なくとも、衝動的なものじゃない。だから、別の動機だと思うんだ。たとえば、自分の寿命はここまでだって、あらかじめ計画するような感じに近い」

「でも、衝動的なんじゃあ？」

「思い出したっていう程度ね」草薙は天井を見上げる。「ずっとまえに、この日が自分の死ぬ日だとスケジュールを立ててあって、それをすっかり忘れていて、今日になって思い出した。だから、何ていうのか、思い出して、あぁ良かったなあ、という気がする」

「ふうん」僕は頷く。「そういうのは、あまりないかも」

「そう?」草薙は僕を見た。「たとえば、将来の計画は?」

「計画って?」

「いつまで生きるつもり?」

「考えてない」

「どうして、考えない?」

「考えてもしかたがない。どうせ、いつか、誰かに撃たれて死ぬんだし。それは僕には想像もできない」

「でも、君の人生なんだよ」

「そうかな……」僕は肩を竦める。「それ、よくそういうふうに言うけれど、僕の人生なの? これって」

「じゃあ、誰の人生?」

「誰の人生でもないんじゃないかな」

「うーん、まあ、そういう宗教もあるけど」草薙は何度も小さく頷いた。

「宗教じゃないよ」

「怒った？」

「クサナギさんは？」僕は煙草を灰皿に押しつけながら尋ねた。

「ん？」彼女は首を傾げる。

「死にたいと思ったことがある？」

「だから、しょっちゅう」彼女は微笑んだ。なんだか嬉しそうだった。その表情は、瑞季にそっくりだ、と僕は気づいた。

「どうして、そのとき、死なないわけ？」

「さあ、どうしてかな」草薙はますます首を傾げる。「もう少しだけ辛抱していれば、そんな気持ちがすっかり消えて、あぁ、死ななくて良かったって、そう思うに決まっている、それを予測できるからかもね」

「でも、そのあとで、また死にたくなるんでしょう？　まえのときに死んでおけば、こんなに苦しまずに済んだのにって思わない？」

「苦しくなんかないもの」

「なんだ……」僕はくすっと笑う。

「電話のベルが鳴ったり、止んだりするみたいなものなんだ」草薙は目を瞑った。「鳴りっぱなしじゃ煩《うるさ》いし、鳴らなかったら、電話がどこにあるのか、みんな忘れてしまう」

少し眠くなった。僕は時計を見た。

草薙は目を開けて、僕を見据える。

「帰る？」彼女はきいた。

「そうだね」僕は立ち上がる。「片づけよう」

「泊まっていっても良いんだよ」

「ここに？」

隣の寝室へ通じるドアを僕は見た。それから、草薙の顔をもう一度見る。どういうわけか、フーコのことを思い出した。もうずっと会っていない。土岐野はクスミのところへ行っているようだったけれど、僕は誘われなかった。フーコはまだ栗田仁朗を待っているのだろうか。

「クリタさんも、ここへ来たことがある？」僕は尋ねた。

「ええ」草薙は答える。しかし、テーブルを片づけていた彼女の手が一瞬だけ止まった。少し遅れて、彼女は僕を見上げる。「何故？」

空中戦なら致命傷になりかねないタイミングのずれだった。

「篠田さんが、変なことを言っていた」

「なんて？」

「貴女が、クリタさんを殺したって」

「へえ……」草薙はゆっくりと立ち上がった。「どうやって?」

「えっと……、撃ったって、言っていたかな」

「ふうん、そう……」

草薙はグラスをキッチンへ持っていった。僕も料理が残っている皿をカウンタまで運んだ。彼女はグラスを洗い始める。僕はカウンタ越しに立って、彼女を眺めた。蛇口から水が流れて、彼女の手がグラスを洗う。ステンレスのシンクに水は音を立てて落ちる。

「もしかして、君も殺してほしい?」草薙は僕の方をちらりと一瞥する。

「どうかな……」僕は笑った。

本気で笑った、と思う。

8

その二日後、僕は湯田川と一緒に空へ上がった。彼は土岐野の交替要員だった。昨日から眼帯を外して、もう万全だと言ったのだ。土岐野も熱が下がって、すっかり大丈夫そうだったのに、何故か彼に譲った。

爆撃機が三機、西に向かっている。それを護衛している戦闘機がもしいたら、牽制《けんせい》する、可能ならば追い払う、といった曖昧《あいまい》な任務だった。つまり、べつにここで達成されなくても、次のエリアでもっと強力な攻撃が可能なのだろう。僕たちの任務は、実のところ、そいつらがいるかいないか、を確かめるだけで良かったのだ。

海の上だった。

ずっと高いところに爆撃機が見えた。そこまでは上がっていくのは無理だ。上がっていくと、追いつけなくなる。笹倉が開発したスーパ・チャージャはもちろんまだ装備されていなかった。試験さえ実施していない。笹倉はといえば、今はまた別のことに取り掛かっている様子で、何なのか教えてくれないのだ。

相手の戦闘機は四機。二機は遠かった。二機は下にいる。僕は帰ろうと思った。だから、湯田川に無線でそう伝えた。

「少しくらい仕事をしていこう」彼はそう言って、左翼を下げて急降下を始めた。

僕は迷った。彼の後を追って加勢すべきか、それとも、上にいる二機を牽制していた方が良いのか。

とりあえず旋回に入って、下を窺った。相手の二機も上昇してくる。既に、湯田川が真っ直ぐに突っ込んでいくところだった。

上空の二機は動かなかった。これが誤算だった。彼らは爆撃機護衛の任務から離れるつもりはなかったのだ。こちらは、そこまで上がっていく気にはなれない。爆撃機だって、相当の火力を持っていて、応戦をしてくるはずだ。相手が高度を下げないかぎり、一機だけで向かっていくのは危険だ。僕は、そう判断し、すぐに横転して、下へ機首を向けた。

しかし、あとから分析してみれば、この数秒間の躊躇《ちゅうちょ》が敗因だった。こういうことは、結局、あとになってみなければわからない。原因を探して報告書には文字が記される。そういう欄があるのだから、しかたがない。

湯田川は最初の攻撃で相手の一機のタンクに弾を撃ち込んだ。その一機は海面に落ちるまえに爆発した。しかし、海面近くで湯田川が引き起こしたとき、もう一機が彼の後ろにいた。

その後ろには僕がいた。

僕の右腕が弾を撃ったとき、相手は、湯田川を撃った。

湯田川は左に逃げ、相手も左に振った。

僕はまた撃った。

海面が間近だった。

僕は右に旋回し、パワーをかけながら、上空を窺った。

誰もいない。

上空の二機は、もうどこかへ行ってしまった。

雲に隠れて、爆撃機の姿も見えなかった。

上昇から背面に入り、反転して体勢を整える。

翼を左右にふって、下を窺った。

このとき、湯田川の機体が見えた。海に突っ込む寸前だった。

相手の一機も、海に墜ちた。

そいつが撃った弾も、僕が撃った弾も、どちらも当たっていたわけだ。

僕は位置を確認した。

海岸からは五十キロは離れている。

上空を見る。

かなり遠くに、敵機が小さく確認できた。

あらかじめ決めてあった暗号を長波に乗せて、爆撃機と戦闘機の数を送信した。

もう一度、降りていって海面を探した。しかし、もう、なにも見えない。風が強く波が高かった。荒れている海だけ。どこにも、煙さえ見えなかった。

僕はメータを確かめる。まだ、しばらくはここに留まるだけの燃料があった。もう一度旋回する。近くに船がいないか、少し高度を上げて、周囲も見渡す。

四回旋回したところで諦めて、僕は基地へ戻ることにした。

9

草薙のオフィスで一時間、僕は湯田川が墜ちたときの状況を話した。ときどき、電話が入って説明が中断した。爆撃機のその後の動向に関する連絡らしかったが、僕は興味がなかった。

草薙は額に片手を当てて、何度も溜息をついた。僕を責めるような言葉は一言もなかったけれど、僕を睨みつけた彼女の目には、それが全然なかったとはいえない。それは当然のことだ。他に責任のある者はいない。

「戻るべきだった？」草薙は僕に質問した。

「いいえ」僕は首をふる。「あと二秒早く僕が降りていれば、二機とも撃墜して、戻ってこられた」

「そういう質問ではない」

「相手が二機だったら、応戦するというプログラムだったから、彼の判断にミスはなかった」

しかし、四機か二機か、そこに判断の差があったのだ。

「もう、いい」彼女は目を瞑《つむ》った。「休んで……」

「失礼します」僕は立ち上がって、敬礼をしてから、部屋を出た。

階段を下りていくと、談話室に、土岐野と篠田が待っていた。飛行機が一機しか戻ってこなかったのだから、もう話の最後の部分は明らかだ。彼らは僕を見た、話の前半が知りたいのだ。

教会へ初めて行った日のことを思い出した。

父に手を引かれて、僕はそこへ入っていった。椅子が沢山並んでいて、一番奥で大勢が高い声で歌をうたっていた。その沢山の声が混ざって、室内に響いて、籠《こ》もったような低音、なんともいえない不思議な音になって、僕を包み込んだ。とても高い天井と、細かい原色のステンドグラス。ドームの周囲にはモザイクで、翼のある人間が描かれている。

狭い椅子の間に、僕はずっと立っていた。天井とステンドグラスしか見えなかった。十字架が見たかったけれど、前にいる人たちが邪魔で見えなかった。沢山の高音が反響して、低音になるのが不思議だった。誰も変だと言わないから、もしかして僕の耳だけがおかしいのかもしれない、と思った。

土岐野と篠田の前まで歩く間、ずっとその教会堂の通路を歩いているような気がした。

僕はソファに腰掛け、ようやく煙草に火をつけることができた。

「気にするな」土岐野が最初に口をきいた。

「どのあたりだ？」篠田は目を細めて僕に尋ねた。

「海の上」僕は答える。そして首をふった。「死んではいない。でも……、助かる見込みはない」

「救助に向かったんだろう？」土岐野がきく。

「たぶんね」僕は頷く。草薙もそう話していた。

僕は苦い煙を吐き、溜息をつく。額から汗が流れていた。暑かったわけではない。どうして汗が流れたのかわからない。

「これで、えっと、六人目かな」僕は呟いた。

一緒に飛んでいた飛行機がやられたのは、今回で六回目だった。そのうち、パイロットが助かったのはたった一人だ。その一人は生きているけれど、失明して復帰は絶望だった。

それから、僕は彼らに説明をした。草薙のところで一度話した内容だったから、すらすらと再現できたと思う。

最後に旋回して見たものは、荒れた灰色の海だ。

僕は一人で戻ってきた。

基地まで辿り着くまでの時間。

それは、本当に嫌な時間だった。

逃げられない。

かといってなにも考えたくない。

話が終わると、土岐野はビールを持ってきて飲んだ。篠田は立ち上がり、黙って出ていった。僕は新しい煙草に火をつけた。

教会堂の賛美歌が聞こえるような気がした。

「俺が行けば良かったんだよな」舌打ちをして土岐野が言う。

あぁ、そうか、と僕は思った。

僕以外の誰の責任でもない、と思っていたから、考えてもみなかった。でも、土岐野も、それにおそらく、篠田も、そうだ……、草薙だって、自分の責任だと考えたかもしれない。

どちらにしても、

自分の責任だと考えることが、一番楽なのだ。

全部、自分の責任なら、閉じていれば良い。完結できる。人の責任だと思うから、処理が難しくなる。

僕はシャワーを浴びて、それから部屋に戻った。とても眠れないだろう、と思ったけれど、諦めてベッドで横になった。土岐野は戻ってこなかった。きっと、気を利かせてくれたのだろう。

ドアがノックされたけれど、僕は寝た振りをして黙っていた。ドアが開いて、笹倉が顔を覗かせた。部屋は暗かったから、僕の顔は見えなかったはずだ。

「カンナミ？」笹倉は声をかけた。「寝ているのか？」

僕は答えなかった。

ドアは静かに閉まった。

数時間して、土岐野が戻ってきたときも、僕は眠っていなかった。彼はベッドの上段で、すぐに眠ってしまったようだ。

目を瞑っていた。

けれど、ずっと、灰色の海が見えた。

「そろそろ慣れても良さそうなものじゃないか」と自分に言った。

知らないうちに、右手が、左の手首を握り締めている。

まだ生きているだろうか。

早く死にたいだろうか。

草薙が話したことも、思い出した。

いろいろ思い出した。

思い出したくないことばかりだった。

どうすれば……、これが振り払えるだろう？

死ぬしかないのだろうか？

草薙水素が部屋に入ってきて、僕の顔の近くで囁いた。

「君も殺してほしい？」

それは、夢だった。

目が覚めたときには、もう窓の外は明るかった。

10

ジャンパを羽織って部屋を出た。

滑走路は霧のため、半分も見えなかった。格納庫もシャッタが下りている。通用口のドアを開けて覗いてみたけれど、誰もいなかった。

僕の飛行機がそこにあった。

近くまで行って、触れてみる。

冷たい。

主翼と胴体のつなぎ目に、アルミのカバーがある。間隔の狭いリベット。滑らかな曲面が世界を歪《ゆが》めて映す。

境界は、滑らかな方が良い。

その方が抵抗がないからだ。

機体はどこも滑らかに作られている。

昨夜、僕が眠れなかったのも、きっと、昨日と今日を滑らかにつなぐためなのだろう。

忘れないように、

そして、忘れるように。

煙草を吸うために外に出る。火をつけて、滑走路を斜めに横断して、オフィスの反対側の格納庫へ向かった。そこは、湯田川の機体を収めるはずだった場所だ。

シャッタは閉まっていた。

僕はぞっとした。

そのシャッタに、草薙水素がもたれかかって、立っていたのだ。

彼女も煙草を吸っている。

「早いな」草薙は言った。

「ええ、早く寝たから」僕は嘘をついた。時計を見る。まだ、四時半だった。日の出まえだ。

「見つからない」草薙は軽く首をふる。

「ええ、無理だと思う」僕は答えた。「また、新人を入れないと……」

「たぶん、増員は来ない」

「え？　どうして？」

「移動することになる、きっと」

「移動？　この基地から？　どこへ？」

「さあね……」草薙は溜息をついた。

「みんな一緒に？」

「さあ……」

　珍しいことではない。むしろ頻繁にあるといって良い。舞台はどんどん移動する。それも仕事のうちだ。戦争の全体がどうなっているのか、下級の者にはわからない。草薙なら、少しは知っているかもしれないが、それでも、範囲が多少広いというだけのこと。だいたい、僕には興味がなかった。言われるままに、いつでも、どこへでも、飛んでいくつもりだ。

「さて……、オフィスで一眠りできるかな」草薙は吸殻入れに煙草を投げ入れた。「なにか言いたいことは？」

「いえ、なにも」僕は首をふった。

　草薙はオフィスの方へ歩いていった。僕はもう一本煙草を取り出して、もう少しだけ散歩をすることにした。

　頭がぼうっとしていて、それは良い兆候だった。ずっと、ぼうっとしていてくれたら、どんなに素敵だろう。

　歩きながら、また教会の賛美歌を聞いた。

あれは、誰かの葬式だった。
そう、僕の妹の葬式だった。
思い出した。
父に手を引かれて、僕は暗い通路を歩いたのだ。
教会の天井は、梁とドームの間に漆喰《しっくい》が塗り込められ、モザイク画がそこにもあった。
僕は上ばかり見ていた。翼のある人間の絵が不思議で、そればかり見ていた。
妹は、どこへいったのか、僕は知らなかった。
人が死ぬなんて、思ってもいなかったからだ。
あのとき、妹は小さな箱の中で眠っていた。
今は土の中だろうか。
今はもう腐っているのだろうか……。
暗い灰色の海。
賛美歌。
蛾の羽からきらきらの粉が落ちる。
突然、思い出した、草薙瑞季の白い顔。
妹の顔を、僕は覚えていない。

episode 4: spinner

Lionel was either unwilling or unable to speak up at once. At any rate, he waited till the hiccupping aftermath of his tears had subsided a little. Then his answer was delivered, muffled but intelligible, into the warmth of Boo Boo's neck. "It's one of those things that go up in the air," he said. "With string you hold."

("Down at the Dinghy" NINE STORIES / J.D. SALINGER)

第4話 スピンナ

ライオネルはすぐには口をきく気がしなかったのか、それともきけなかったのか、いずれにしても彼は、涙の後のしゃくり上げが少しおさまるまで待って、それから温かい母の首筋に顔を埋めながら答えた。それはこもった声だったけれど、言葉はとにかく聞き取れた。「ユダコってのはね、空に上げるタコの一種だよ」と、彼は言った「糸を手に持ってさ」

（「小舟のほとりで」ナイン・ストーリーズ／サリンジャー）

I

移動日は雨だった。飛行機乗りにとって、雨の日は悪魔の誕生日だ。日頃はしゃがない奴がはしゃぎだすのにびくびくしながら、憂鬱な一日が早く終わってくれたら、と願うことになる。キャノピィに取りついた水滴の一つ一つが、まるで地獄からのコントロールで動いていて、滑走路が近づいてくると、突然ボンネットの上ににやりと笑った顔が現れたりするのでは、という予感に襲われる。雲の上に出てしまえば、天候など無関係。だから、上がるときはひたすら地球の本能に逆らって、とにかく上っていけば憂鬱からは逃れられる。ところが、天使になれなかった僕たちは、最後は地上へ戻らなくてはならないのだ。高度が下がるとともに地面の憂鬱がぶり返すことになる。人間はそんな湿っぽい地面に張りついて、惨《みじ》めに生きている存在なのだ。

もう少し雨が酷かったら延期になっていただろう。飛び立つときはまだ小雨だった。十五時頃に旧式の泉流《センリュウ》が迎えにやってきた。複座のマークＥを見たのは初めてだった。パイロットは山極麦朗《ヤマギワムギロウ》という気の良い中年で、草薙水素がその機体に乗り込んだ。この泉流に続いて、散香三機が飛び立った。土岐野、僕、篠田の順だ。案内がいるのだからと安心していたのに、着陸のために高度を下げた頃には、すっかり日も暮れていたし、雨もますます激しくなっていたから、肉眼ではライト以外、他の機体はまるで確認できない状態だった。

　四機とも一度の進入で滑走路に降り立ったのは奇跡といっても良い。きっと、草薙も鼻が高かったことだろう。脚の一本くらい折れても、早く地上に降りたいと思うときがあるものだ。まして、知らない基地で、風も読めない滑走路ならなおさらだった。

　新しい基地がどれくらいの規模なのか、その夜はよくわからなかった。食堂で簡単かつ質素なパーティがあって、僕たち四人は歓迎を受けた。山極麦朗がここのリーダで、彼の下にパイロットは五人いるようだったけれど、出席していたのは四人。全員が似たような感じの男性だった。一人がこちらへ移籍したら同じ数になる、という冗談も出た。湯田川がいなくなってから二週間経っていたけれど、僕たちのチームには今のところ新しいメンバは補充されていなかった。まえの基地は、しばらくは使われないことになったらしい。

　僕は笹倉のことが気になったので、パーティの途中、草薙にきいてみた。

「どうして？」彼女は僕を横目で睨んだ。「今のところは、なにも聞いていないけれど」

　つまり、整備関係の人員はまえの基地に今も残っている、ということだろうか。あれだけの設備をそうそう簡単に移動できるものではないし、こちらには、こちらの設備と技術者がいるはずだ。

「いろいろ世話になったし……」僕はできるだけ軽い表現を選んだ。「彼の開発品にも、多少興味があったから」

「有用なものなら、いずれ広まる」草薙の口調はもっと軽かった。

「ところで、どうして、こちらへ移動したんです？」持っていたグラスをテーブルに置いて、僕は煙草《たばこ》を取り出した。僕と草薙の方へたまに視線を向ける奴はいたかもしれないけれど、話は聞こえなかっただろう。土岐野が少し離れたところで数人を集めて大声で話をしていたからだ。

「それを私に尋ねるなんて、正気じゃないよ」草薙は小声で囁《ささや》き、鼻息をもらして笑った。

「たぶん、酔っているからです」僕は煙草の煙を溜息と一緒に吐き出す。「たとえば、もうすぐ大きな規模の戦闘があるって考えるのが普通？」

「結果的に大きくなる可能性は、いつだってある」彼女は僕から視線を逸らし、他の人間を眺めながら話した。「ときどき、選挙絡みの政治的意向なのか、それとも戦闘会社の経営上の戦略なのか、つまり、短期なのか長期なのか、とにかく、私たちにはまったく理解できない図式、それに動機で、大勢が動くことがある。つまるところ、大風が吹いて草木が揺れるようなもの。風が吹いたら、揺れた方が折れずに済むってことを、本能的にみんなが知っている」

「早めに折れて倒れた方が楽だったりして」

「そう、死ぬより楽なことはないでしょうね」

誰が持ってきたのか、ギター演奏が始まり、すぐに合唱になった。僕は煩《うるさ》いのは嫌いなので、外に出ることにした。

雨は上がり、建物の前のアスファルトのところどころが事務所のライトを反射していた。むっとするほど湿度が高い。しかし、寒くはなかった。ねっとりとした霧が常夜灯に綿アメみたいに纏《まと》いついて、電球のじいじいという音を籠もらせている。

宿舎から事務所への渡り廊下の横に、ちょっとしたピロティがあって、そこに、遊園地やショッピング・モールでよく見かける子供のための乗物が二つ置かれていた。片方は消防車、もう片方はヘリコプタだった。コインを入れる箱がすぐ横に立っている。おそらく、派手な音を出して、前後か左右に揺れるのだろう。タマゴのようにころっとした滑らかなデザインで可愛らしかった。ただし、ずいぶん色褪せていて、薄汚れている。払い下げ品をどこかでもらって、ここまで運んできたのだろうか。少なくとも、ここに捨てられているわけではない。つまり、基地に子供が来る機会があるということか。壊れている様子はない。まだ動きそうだ。しかし、どうしてこの場所にあるのか、という点についてはやはり謎だった。

僕は消防自動車に乗り込んで座席に腰掛けた。つるっとした表面で冷たかった。それに狭苦しい。少なくとも、僕の躰の大きさに対して、それは小さ過ぎる。コインを入れる気にはなれなかった。その代わり、僕はまた煙草に火をつける。酔いはまだ少しだけ残っていた。

　ぼんやりと、事務所ビルの前で製造中の大きな綿アメを眺めていたら、土岐野が現れた。

「なんだ、カンナミか」煙草を斜めにくわえながら、彼はこちらへ近づいてくる。「消防士になりたかったのか？」

「もう、おひらき？」

「いや、まだまだ延々と続く感じだな」煙を勢い良く吹き出して、土岐野は溜息をつく。「どこへ行っても、同じような連中しかいねえよな、ホント。こんな奴、初めて見たぜ、ていうような奴には最近滅多にお目にかかれないってこと」

「まえは、いた？」

「いた」土岐野は頷く。「まあ、それは俺が若かったからってこともあるな。相対的なものかもしれん」

「あぁ、そうだね」

　土岐野は隣のヘリコプタに乗り込んだ。彼は僕よりも躰が大きいし、しかも、消防車はオープンカーだったけれど、ヘリコプタには屋根があったから、ずっと窮屈そうだ。替わろうか、と提案しても良かったが、どうして、これに乗らなくてはならないのか、その必然性を思いつかなかったので黙っていた。

「狭いな、これ」土岐野は上機嫌に言った。「俺、ヘリコプタに乗ったのは、これが初めてだよ。こいつは、飛ぶのが信じられん。翼がないくせに……」

彼は、それを揺すろうとして、躰を動かしている。ぎいぎいと軋《きし》む音が鳴った。

「壊すと怒られるから」僕は忠告する。

そこへ、もう一人現れた。

ピロティの向こう側の事務所から真っ直ぐにこちらへ近づいてきたのだ。痩せた小柄な人間で、見た感じではてっきり男だと思ったけれど、声を聞いて女だとようやくわかった。

「何をしてる？　そこで」彼女がそう言った。

「いえ、特になにも」僕は答える。「年齢制限がありますか？」

「そっちのあんた」女は土岐野を睨みつけている。「さっき、揺すっていたでしょう？」

「いえ、そんな滅相もない」土岐野は笑った。「降りようとして、上手《うま》くいかないんで、ちょっと、踠《もが》いていたかも」

「今日来た人たちだね？」

「ええ」僕は頷く。

「カンナミっていう人……、食堂にまだいる？」

「あ、いえ、もういない……」僕は答えた。「と思うけど」

「じゃあ、部屋に帰った？」

「いえ、まだ……、だと」

「どこかへ出ていったわけ？」

「いや、それは、ないと思う」

「もしかして、あんた？」女はきいた。僕が笑って答えていたから気づいたのだろう。

「酔っているね？」

「酔ってはいるけれど、でも、僕がカンナミだよ」

「どうして、最初から言わないの？」

「きかれなかったから……」僕は肩を竦《すく》めてみせる。「何？」

「そう……」女は目を見開いて僕をじろじろと見た。「あんたがねえ……、ふうん、なんだか、全然だよ。想像と違っていたな」

「あの、俺はトキノだけど、想像と違ってた？」ヘリコプタの中で縮こまっているパイロットが言った。

「私はミツヤ、よろしく」彼女は土岐野を無視して僕に手を伸ばす。

「手を洗ってないんで」僕は握手はしないで、両手を広げて軽く微笑み返した。

「よろしく」

土岐野がまた言ったが、三ツ矢《ミツヤ》はそちらへ顔を向けない。今にも笑いだしそうな顔で、ずっと僕を睨んでいるのだ。「明日が楽しみだな」

「明日？　サーカスへでも行く予定？」僕はきいた。

「サーカスが好き？」彼女はきき返す。

「サーカスによる」僕は答えた。

　三ツ矢は、くるりと背中を向けて、来た道を戻っていった。背筋を伸ばし、一歩一歩に自信がありそうな歩き方だ。僕は、海図の上で航海士が動かすコンパスを連想して、その次に草薙を思い出した。事務所のドアの中に消えるときも、こちらを振り向かなかった。ずっと彼女の背中を追っていた僕と土岐野は、顔を見合わせて、くじ引きに負けたような惨めな笑いをお互いに確かめ合った。事務所に彼女の部屋があるのか、それとも、まだ仕事をするのだろうか。

「なんだ、ありゃ」土岐野がヘリコプタの中で背中を丸めて言った。「お前のファンか？」

「ファンよりは、プロペラが好きだけど」

「そうだな、ロータよりは、プロペラだよな」土岐野も笑う。「にしても、愛想のない女じゃないか。ああいう手合いに出会うと、口の中にコインを押し込んでやりたくなる。ずいぶん偉そうだったけど、壊れてんじゃねえか？」

「本当に偉いのかも」

「そんなら、握手なんかするもんか」

そのとおりだ、とそのときは僕も思った。つまり、これが、三ツ矢碧《ミドリ》に初めて会った夜と、三ツ矢碧に初めて会った場所になった。そういう夜も、場所も、一生に一度、世界に一箇所しかない貴重なものだから、少なくとも即座にゴミ箱に捨てるわけにはいかない。パーティションかコルクボードのどこかに、マグネットかピンで留めておく方が無難だ。誰でも最初に出会ったときには、その相手が自分の将来にどれくらい関わる人物なのか判断がつかない。ただ、予感だけをピンでとめるしかない。ピンで留めさえすれば、それでほっと一安心。僕は次の日の朝には、すっかり彼女のことを忘れていた。

2

翌朝は晴天。近くに小高い山が迫っていることもわかった。昨夜は知らずに進入してきたのだから、ぞっとする。

洗面所で歯を磨きながら、滑走路を眺めていたら、土岐野が起きてきた。頭にタオルを巻いている。どうしてそんなことをしているのか、わからなかった。もしかして理由をきいてほしがっているのかもしれない。そんなふうな顔にも見えたので、わざと尋ねないでおいた。

「なかなか上等だな」外を眩《まぶ》しそうに眺めながら彼が呟く。

「滑走路？」

「昨日の、ほら……、あいつ」僕の隣で派手に水を出してから、土岐野が言った。

「誰？」

「えっと、ミツヤって女」

「あぁ……」このとき僕は、初めて彼女に会ったことを思い出した。「うん、そんな名前だったっけ……」

「エースだってよ、あのあと、みんなに聞いたんだ」

昨夜、僕はすぐに眠ってしまったが、土岐野はまた皆のいるところへ戻ったのだ。

「野球の？」

「馬鹿か、お前は」

僕は微笑んだ。もちろん、最初から意味はわかっていた。特に驚くようなことではない。女性のエースくらい珍しい存在ではなかったし、うちの会社ではパイロットのおよそ二割が女性で、平均すれば男性よりも優秀な乗り手が多い、というのが僕の個人的な印象だった。つまり、エースになる確率は女性の方が幾分高いことになる。これには、どんなベクトルが作用しているものか、まったくわからない。あるいは、採用されるときの敷居が高いのか、それとも、(これも僕の個人的な印象だが)男性よりも女性の方が怖がり屋が少ないことに起因しているのだろうか。そう、最後の一歩をより深く踏み込む傾向が女性にはある、という分析だ。この執着が弾のヒット率を高めることは間違いない。その分、命を落とす確率も高くなるはずだ。しかし、そんなデータはきっと存在しない。そこまで考えて、ふと、僕も右手だけは女性かもしれないな、と思った。

「まえに、一度、いたんだよ」土岐野が顔を洗ってから言った。「とにかく、女のエースってのは、ままならないもんだ」

「男のエースだって、ままならないと思うけど」

「男なんて、どうだっていいんだよ。お前だって、うちのエースじゃないか。勝手にやってくれ」

「クサナギ氏だって、凄《すご》かったらしいね」僕は言う。

「誰が言ってた？」

「ササクラさん」歯磨きの途中なので発音が上手くいかない。

「あぁ……」土岐野は頷く。「あいつと離ればなれになって、寂しいだろう？」

「なんで？」

「ああいう凄腕のメカニック、この頃じゃあ貴重だもんな。俺も大いに寂しい」土岐野が口を斜めにする。「そうそう、クサナギ氏も実にままならない。どうにかしてほしいよな。とにかく、お前はお前で、自由だから、好きにやってくれ」

「何の話？」僕は吹き出した。

「あぁあ……」土岐野は欠伸《あくび》をした。「二日酔いじゃない朝ってのは、こんなに現実的なんだってことを改めて認識して、本当に辛《つら》いな。不安に打ち震える若者に、誰が救いの手を差し伸べてくれようか。あぁ、つまり、原因は明らかだ。酒が足りなかったんだな。すべては、そこに帰着する。全然、寝られなかった。最低だ」

「鼾《いびき》が聞こえたけど」

「寝た振りをしていたんだよ。お前が心配したらいかんと思ってさ。優しいだろ？　なんたってうちのエースだもんな、ベストコンディションで臨んでもらいたい、という友人としての心理。クサナギ氏もだし、俺たちも一応、面子《めんつ》ってものがあるしな。頼むぜ、カンナミ君よ」

「だから、何を？」

　僕の背中を叩いて、土岐野は部屋の方へ戻っていった。僕はといえば、まだ歯ブラシを口に突っ込んだままだ。

　エースなんて表現はとうに死語だろう。まえのチームのときなんか、僕はもっと抜きん出ていた。他の六人がする仕事の二倍を僕が一人で片づけたこともある。だから、完全な特別扱いで、誰も僕と口をきいてくれなかった。小心者の上司は、僕に視線さえ合わせない始末。みんな、僕が早く死ぬことを祈っていただろう。つまり、それが、エースだ。

　溜息。

口から泡が溢れ出ていた。

事務棟の屋根の向こうに旗が見える。その動きで風の方向と強さを僕は見た。昨夜とは風向きが反対だった。

部屋に戻って荷物の整理をしようと思った。今回も土岐野と同室だ。しかし、案の定、呼出しがかかった。

僕と土岐野は、まだ段ボール箱に入った荷物を出していなかった。そのため、今から会議室へ着ていくものを優先して探す作業に取りかかった。

「緊急なんだから、なにを着ていっても良いと思うけど」僕はそう言ったのだけれど、土岐野が首をふった。

「初めが肝心だって言うだろ？」

彼はわりと、こういった几帳面《きちょうめん》な側面があるのだ。結局、皺《しわ》くちゃになっていた上着を着込んで（さすがに、アイロンをかけ直す時間はなかった）、二人で会議室まで急いだ。やや照明が落とされた部屋に入り、テーブルの端の席に腰掛ける。僕たちが最後で、他は全員既に揃っているようだ。

「では、始めよう」山極麦朗が微笑みを浮かべて言った。草薙が部屋の電気をさらに暗くしたので、天井から斜めに掛かっているスクリーンの中央が相対的に四角く浮かび上がった。「諸君は、今日の午後、これまでにない大きなプロジェクトに参加することになる」

それから一時間、僕たちは黙ってスクリーンを見つめ、山極が話す言葉を頭の中で展開した。大きなプロジェクトというのは、ようするに、大勢で一箇所に向かう、というだけの意味らしかった。結果的にそこに火力が集中するということだ。それがどんな目的なのか、どんな意義のあることなのか、それによって、どんな結果がもたらされるはずなのか、そういった説明は一切省略された。それはいつものことだ。僕たちだってもちろん、そんな話を聞きたくはない。

この基地からは戦闘機が八機飛び立つ。それが途中で二十機になり、最終点では約八十機になる予定だという。その他に中型爆撃機が約三十、高高度には大型爆撃機が二十機、さらに、僕たちよりも一足早く、約四十の別の戦闘機と約五十の対地攻撃機が手前に位置する前線の二つの基地を叩く段取りだ。そこの戦闘能力は、僕たちが到着する頃には四十パーセントまで低下している、という見込みだった。

「もともと大したものではない。問題にならないだろう」山極はそうコメントしたけれど、それは僕らを笑わせてリラックスさせるジョークみたいだった。少なくとも、それを素直に信じるわけにはいかない。問題にならない程度の能力に対して、対地攻撃機を五十も投入するはずがないからだ。

可能なかぎり、その前線を越えたポイントで、相手の主力を迎えたいのだが、それは行ってみないとわからない。手前の海の上で出会う可能性も充分に考えられる。時間内に現れる敵機の予想としては、戦闘機が約百から百五十、という数字が見積もられていた。もちろん根拠はあるのだろうけれど、いずれの場合も、そういったデータは悲観的ではありえない。必ず希望的観測に基づいているものだ。否、少なくとも、僕たちに知らされる数字は低めに見積もられている、という意味である。

あとからやってくるグループについては、話が出なかった。僕の想像だが、どちらかというと、そちらが主力なのだろう。戦場にはあとから駆けつける方が偉い、という法則がある。

幾つかの予想されるトラブルについて、場合を想定した措置が説明された。できれば、そういったトラブルに見舞われるよりは、一瞬で爆発して散りたいものだ、と誰でも考えるだろう。そのあとで質問を求められたが、誰も手を挙げなかった。

数秒間の沈黙のあと、スクリーンの一番近くに座っていた三ツ矢碧が片手を軽く挙げた。

「何だね？」山極が顎《あご》を僅かに上げる。

「戦闘に関係のない質問ですが、よろしいですか？」三ツ矢は歯切れの良い発音で尋ねた。

「かまわない」

「今夜のパーティは中止ですか？」彼女はきいた。

「今夜もパーティがあるのかよ」僕の横で土岐野が小声で呟く。

「この近辺の子供たちが、二カ月に一度、ここへ遊びに来る」三ツ矢がこちらを向いて無表情で説明した。「それが今夜なのです」

「失礼」土岐野が頭を軽く下げる。「知らなかったもんで」

「中止にはしていない」山極が答えた。「作戦は極秘だ。今から中止の知らせをするわけにはいかない」

「わかりました」三ツ矢はすぐに頷いた。「始まる時刻には、多少遅れるかもしれませんね」

どうやら、夕方のパーティに間に合うかどうかを心配しているようだった。それはそれで面白いジョークかもしれないし、あるいは、ビジネスライクで微笑ましい、とも思えた。

また、沈黙。

「他には？」山極は何故か僕の方を真っ直ぐに見ている。

僕は無言で小さく首をふる。

「クサナギ君、なにか、補足があるかね？」山極は壁際を振り返った。

「おそらく、海の上になるでしょう」草薙が淡々と話す。「前線基地を攻撃された時点で、向こうは手を打ってきます。味方の戦闘機にうろちょろされたのでは、その上が狙えない。無理をしてでも押してきます。まず間違いなく」

「こっちも、その方が助かるよな」土岐野が小声で言った。

しかし、上を狙わせないのが作戦なのだ。

「けっこう距離があるから」草薙は僕の方を見た。「散香の組は、増槽をぎりぎりまで持っていた方が良い」

「できれば、敵地に落としたいところだ」土岐野がまた囁いた。

草薙がこちらを横目で見る。穏やかな表情で、少し微笑んでさえいるようにも見えた。この数日、彼女は浮かない顔をしていたのだ。それに比べれば、ずっと健康的な印象だった。きっとスライドの鮮明な光が見せたコントラストのせいだろう。

「じゃあ、二十分後に滑走路で」山極が言う。彼は大きな溜息をついた。「最適の健闘を……」

全員が立ち上がった。

戸口から一人ずつ外へ出ていく。

部屋の隅では、草薙水素が腕組みをして立っていた。彼女とまた目が合った。

僕は歩きながら意識して右手を握り締めた。すると、急に背筋がぞっとした。これが、いつものこと。試してみて、その反応を確かめて楽しんでいる、といっても良いくらいだ。ぞっとするこれは、武者震いというのだろうか。緊張して寒気がするのだろうか。いつも必ず、正確に、繰り返される。複雑そうに見えて、人間には、結局とても単純な回路しかないようだ。ときどき、自分を機械みたいだと思う。

ピロティに出るとき、僕は自分の右手をそっと盗み見た。デートのとき、女の子に気づかれないように時計の文字盤を覗き見る、あれに似ている。

3

滑走路は二本あったので、あっという間に八機が飛び立つことができた。

風も良い。視界も良好だった。基地の周辺の景色を初めて見た。意外に海が近い。周囲のほとんどは湿地帯のようだ。ところどころに青い空が映って見えた。小高い山が一つだけぽつんとあって、その上にアンテナ塔が立っている。街はその山の向こう側だった。最近作られたものだろう、そちらへ新しい道路が真っ直ぐに伸びていた。

海岸に沿ってしばらく東へ飛ぶ。

僕たち三機が散香で、残りの五機は双発の染赤《ソメアカ》だった。僕たちは、彼らの後方の下を飛んだ。

複数の羽音がハーモニィになって心地良い。さらにそのサウンドが風切り音に攪拌《かくはん》され、途切れ途切れに聞こえる。澄み切った空なのに、辺りを支配しているのは影のない悪戯《いたずら》好きの悪魔で、そいつが、音を不連続にしているのだ。

三十分後には、下から十機ほどが上がってきた。少しだけスピードを抑えて待ってやる。

散香の新型らしかった。見たこともない塗り分けで、上部がマリンブルーとライトブルーの迷彩。カウリングの形が明らかに違っている。つまり、エンジンが新しいのだ。じっくり見てみたかったけれど、とりあえず今は棚上げにした。

前方の雲の上に、爆撃機が見えてきた頃には、周辺は飛行機だらけになっていて、まるで立体駐車場みたいだった。

僕はずっと小刻みに躰を揺すって、ある音楽を口ずさんでいた。子供のときから大好きだったロックンロールだったけれど、タイトルは知らない。歌詞も、一番最後のフレーズしかわからない。

目だけを働かせて、眩しい空を眺める。一度に沢山の場所が見られないのが人間の目の最大の弱点だ。

僕の右手は操縦桿。左手はスロットル・レバー。両足がラダー・ペダルに乗っている。

右手は獲物を待っているようだった。

リラックスして、力を抜いて、

でも、

呼吸を調《ととの》えて潜んでいる猛獣のようだ。

殺すために、

今は息を殺している。

じっと、静かにして。

音もなく、望みもなく、光もなく、目的もなく。
ただ、待っている。
外側にいる自分を、僕の背中が感じた。
僕は、僕から抜け出して、
僕は、この飛行機から抜け出して、
僕は、社会からも、地球からも、抜け出して、
ずっとずっと遠くに浮かんでいるのだった。
そんな幻想が、
僕の背筋を寒くする。
僕の肩に、誰かの手が軽く触れて、
優しい口調で囁いた。
「さあて、ひとしきり走ってきたら、どうだい?」
その息遣いが耳もとに感じられたときだった。
来た。
右の上空。
無数の点。
すぐに無線連絡が入る。

躰はさらに寒くなる。

震えそうだ。

操縦桿から右手を一度離し、軽く振ってみた。

そしてまた、握り締める。

「お前は三機だ」土岐野の声が雑音混じりで聞こえた。

上昇していく土岐野機の腹が右手に見える。

その直後に、戦闘命令が下った。

「フライングだ」僕は土岐野に言ってやった。

しかし空には、それ以外に何があるだろう？

スロットル・レバーをゆっくりと押し上げながら、僕はメータをチェックする。油圧異状なし。燃料確認。増槽の残量もざっと計算する。草薙の忠告も思い出して、もうしばらく持っていくことにする。

雲はない。

こんな広場は珍しい。

太陽の位置はほぼ真後ろ。

最初の位置としては、多少有利だろうか。

対空砲がずっと下の方で鳴り始める。風を見ているのか、あるいは、単なる脅しだろう。

もう味方が近くまで来ているのだから、撃ち続けることはできないはず。

海岸線が近い。予想どおりの位置だ。向こうは海へ誘ってくるだろう。

双発の染赤は上から回る。身軽な散香は下から。それだけは決めてあった。

しかし、その前に高度が多少必要だろう。

とにかく僕は上昇した。

敵はどんどん近づいてくる。

どれくらいいるだろうか。川を流れていく葉っぱのように、見事な隊形だった。こちらが二手に別れたのに応じて、向こうも、両サイドに展開を始めている。

右へ突っ込めという指令が聞こえた。

そんなチームプレイができるのは、ほんの最初だけのこと。

今に入り乱れて、ダンスを踊ることになる。

せめて、そのダンスの時間までは、残っていたいものだ。

ベルトを少し締め直す。

シートで姿勢を正した。

二秒ほど目を瞑る。一、二。

深呼吸。

味方の最初の一団が、斜めに降下していった。大きく回って、反対側へ出るつもりだ。

続いて次の一団が、右正面を目指して突っ込んでいく。

僕と土岐野はその次のチームだった。

「俺のことは気にすんなよ」土岐野が言う。面白いジョークだ。

「ふっきれたよ」僕はそう言いながら、エルロンを切った。

翼が傾き、斜めにスリップしながら、急降下に入る。

軽く反転。

背面のまま下りていく。

頭上には、海と白い波。

逆さまの方が、頭に血が上らなくて済む。

メータを見た。

左右を確かめてから一度反転。

周囲を眺める。

前方に三機。

速度が遅い一機に狙いを決めて、ダイブの角度を修正。

後方を振り向いて確かめる。

逆方向に反転して、辺りの様子をさらに確認しながら、

右手は丁寧に安全装置を外した。

スロットルを絞って、機速をコントロール。

ラダーを左右に振って、エア・ブレーキ。

向こうが撃ったようだった。

気の早い奴……。全然早い。

機首をこちらへ向けられないじゃないか。

一機目はあと三秒で射程に入るだろう。

その間に、二機目をどれにするか、辺りを見回す。

もっと速度を落とすためにフラップを使うか、一瞬迷ったけれど、そのまま反転して、操縦桿を引いた。

失速寸前でターンをしながら、エンジンを吹かし、トルクで機首を横へ振る。

ぴったりだ。

二秒ほど右手が撃った。

その間に左手は、スロットルを絞る。

後方を見て、左右を見て、それから前方を確かめる。

既に相手は火を吹いていた。まず、一機。

ターン。

ゆっくりとロールしつつ上昇。

二機目はかなり下で、旋回している。

斜め後方から一機突っ込んでこようとしていたけれど、追いつけないだろう、と判断。

中スロットルで急降下に入れる。

念のためもう一度ロールして、周囲を確認してから、エレベータを引く。

真横に海。

少し離れたところに海岸線が白い。防砂林なのか、黒っぽい林が長く続いている。

近くで対空弾が炸裂《さくれつ》。僕よりも味方に近かったのではないだろうか。無茶なことをする。

呼吸を止めた。

躰がシートに押しつけられる。

思ったとおり、すぐ前方に相手が入った。

右手が撃つ。

これは駄目だった。

行き過ぎて、すぐに左へ旋回。

少し高度を落とし過ぎたか。

上にも下にも、沢山の点。

しかし、聞こえるのは自分のエンジン音だけ。

ときどき、小さな炎が見える。

あとは黒い煙が、ぐねぐねと蛇のように邪魔だった。

滑らかに動きたい。それだけを考える。

左上空から一機来る。

早めに逆に切り返した。

少しずつ上昇。

「生きてるか？」土岐野の声。

「死んでるかも」僕は答える。

もう一度、遠くから撃ってきたけれど、無視。

さらに高度を稼ぎながら、さきほどやり損なった相手の動きを観察。

もうすぐ、旋回に入るはずだ。その道筋を読んで、もう一度試してみることにした。違う方へ向かうように見せかけて、途中から、一直線に背面のまま切り込んだ。

相手は別の機体を追おうとしていた。

スロットルを押し上げる。

見事な息継ぎでエンジンが吹き上がった。

笹倉のことを一瞬思い出す。

反転。

ダイブ気味に突っ込む。

たちまち最高速に達して警告音。

もう周囲には誰もいなかった。

後方上空に三機見えたが、離れている。

もう一度前を見て、ラダーで微調整。

半ロールして翼を立て、急旋回に入る。

相手が気づいて、左へ切り返したので、こちらも機首を滑らかにそちらへ向ける。もうこちらのものだ。この距離なら失敗はしない。

数を三つ数えてから、一秒だけ撃った。

直ちに離脱。

メータのチェック。

異状はない。

エルロンで左右へ機体を振って、周辺の状況を調べる。

そのまま、上昇。

たった今撃った相手が黒煙を吹き出して、落ちていくのが見えた。これで二機。

斜め右上前方、数百メートルのところで、対空弾が炸裂。遅れてキャノピィになにかが当たる音。傷が付いたかもしれない。

近くに誰もいないようだ。だから下から狙われる。

みんなはもっと海寄りにいるのだ。

もう、爆撃機は危険地帯を通り過ぎたのだろうか。

そちらを見上げてみたけれど、煙があちこちに浮かんでいて、とてもじゃないが、わからない。

時計を確認。

上昇しながら、増槽を切り放す。

これで、さらに身軽になった。本領はこれからだ。

獲物を探しながら上がっていく。

爆撃機と中型がようやく見えた。既に陸地の奥まで侵入したようだ。そろそろ爆撃を始めるだろう。

もう陸地へは向かうな、という指示が出た。

どうやら、そちらへは、別のグループが別の角度から攻撃を仕掛けるようだ。もちろん、相手だって態勢を調えて待っている。

汗をかいていた。躰が暖まってきた証拠。

これからが本番だ。今までのはウォーミングアップ。

僕はゆっくりと呼吸をする。

自分を落ち着かせる。

振り子が壊れた時計のように進みがちな神経を引き留める。

慌てるな、

ゆっくりと、

そう、落ち着いて……。

二十機ほどが入り乱れて飛んでいる一帯を見つけた。周辺が煙で濁《にご》っている。今も二機が黒煙を引いて斜めに高度を下げていく。僕は周囲を眺めながら、そちらへ機首を向けた。まともに飛んでいる奴は、もう半分近くになっていた。落ちたのか、それとも弾切れのために退避したのか、いずれかだろう。一秒が待てない。一秒多く撃ち過ぎる。無駄に撃つ。それが命取りになるのだ。

「こっちへ来るの、お前か？」土岐野の声。

「こっちって？」

土岐野機を確認するまえに、僕は斜めにスリップして下りていった。

ちょうど前方に運良く相手が入る。まるで風船みたいに止まって見えた。僕は二秒間撃った。

ぶつかるまえに、上方へ離脱。

少し遅れて味方も突っ込んできて、同じ相手を撃った。尾翼がちぎれて吹っ飛び、回転を始める。

「こら、お前だろ！」土岐野の興奮した声。

「あぁ、僕、僕」僕は笑った。

でも、斜め後方上空から来る一機に気づいて、どちらへ逃げるか迷った。

「おい、来たぞ」土岐野が教えてくれる。彼はずっと下なのに、人のことをよく見ているものだ。

右へ切ると、相手も右に切った。

すぐに思い切って左へ切り返し、エレベータをフル・ダウン。首が引っ張られるので左手でヘルメットを押さえる。目の前が真っ赤になりそうな瞬間に反転して、今度は即座にフル・アップ。こんなことを繰り返していたら、ドラッグよりも早い。

相手を探した。見つからない。

と思ったら、左後方で立て直していた。

かなり機敏だ。

右手に力が入った。

相手は相当な腕前だ。

すぐに、旋回に入れて、大きく回り込む。

こういう場合は、正攻法でいくのが良い。

相手もそう考えたのか、ほぼ同じ半径で回り始める。

キャノピィが見えた。

向こうも、こちらを見ているだろう。

ボンネットに黒いマークがある。猫の顔か？ 耳が尖っている。そんな形に見えた。

くるりとシャープな旋回で、相手は機首を真っ直ぐにこちらへ向ける。

僕もそちらへ機首を向けた。

接近。

一秒撃った。

反転、離脱。

相手も撃った。

数メートルですれ違う。

フル・フラップで急旋回。

相手も既に旋回に入っている。

速い。

土岐野機が横から突っ切った。撃ったかどうかはわからない。

僕がもう一度、機首を向けたとき、相手は反対方向へひらりと翼を翻《ひるがえ》した。

ちょうどそこへ、味方の染赤が一機突っ込んで撃った。

「おいおい、邪魔するなよ」土岐野が言う。

「黙って飛べないの?」女の声だった。三ッ矢だろう。

黒猫マークは、ロールしながら木の葉のように下りていく。見事なコントロールだ。三ッ矢機をかわすために高度をかなり下げて、陸の方へ逃げていく。冷静で賢明な判断だ、と僕は思った。しばらく三ッ矢の染赤が追っていったけれど、追いつけなかった。そちらへは深追いはできない。

その他の敵機も、離脱し始めた。

結局、ダンスパーティは二十分間ももたなかった。人数が多過ぎて混乱気味。途中でおひらきになった感じ。どちらがどれくらい消耗したのか、僕にはまったくわからなかった。しかし、本当にあっという間だ。いつだって、知らないうちに時間は過ぎる。燃料計のメモリの方が、時計よりもずっと信用できるくらいだ。

上空に集結する指令が無線から聞こえたのは、そのすぐあとのことだった。

4

帰路は夕日に向かって飛んだ。空はピンクになり、紫になり、紺色になり、やがて灰色になった。

もう無線は使えない領域だったので、基地が近づいたところで、土岐野機と篠田機の間に僕が入って、散香は一列に並んで降下した。飛び立ったときと同じ順番で降りることが暗黙のルールなのだ。きっと、再び順番に並べる奇跡をじっくりと噛《か》み締めたいからだろう。

　このとき、横を飛んでいる染赤が三機しかいないことに僕は初めて気づいた。それまで気にしなかった方が不思議だけど、たぶん、気分がハイになって神経が麻痺《まひ》していたからだろうと思う。

　着陸して、格納庫の手前までタキシングしていった。コクピットから出て、ステップに足を掛けたとき、さきに降りていた土岐野が歩いてきた。

「同じ数になったな」彼はしかめ面で舌打ちする。山極のチームが二人欠けたことを言っているのだ。

　僕はステップから飛び降りる。ジャンパのポケットに手を入れて煙草を探していると、土岐野が目の前に箱を突き出した。

「ありがとう」僕は彼の煙草を一本もらった。「墜ちたところ、見た?」

「いや」彼も煙草に火をつける。煙を吐き出しながら土岐野は滑走路の反対側を眺めた。

「でも、染赤が燃えているのは幾つか見た。双発ってのは、片方やられるだけで惨めなもんだ」

　篠田虚雪も機体から降りて、こちらへやってくる。彼も向こう側の格納庫を気にして、何度もそちらを振り返った。双発の染赤が三機、もうすぐ格納庫のまえに到着するところだった。

「シノダさん、見てました？」僕は尋ねる。

「最後に、逃げていった、あいつだ」篠田が低い声で答えた。

「あぁ、あの黒い猫の？」ボンネットのマークのことを僕は思い出す。

「黒い猫？」土岐野がきいた。

「絵があった」

「そんなの、あったか？」

整備士が二人、整備車で近づいてきて、どこか診ておくところがないか、ときいた。三人とも幾つか注文を出して、その場を離れることにした。

僕たちが、事務所のピロティまで歩いていくと、草薙水素が煙草を吸って待っていた。

「あっちは二機やられた」彼女の顔を見て、土岐野が言う。

「そうみたいだね」滑走路を見たまま草薙が頷く。「四分の一なら、まあ、しかたがないところだな」彼女は溜息をつく。「こっちは最初から四分の一だったんだから」

どこかから甲高い声が聞こえた。子供の声だ。

宿舎の方を見て、僕は気づいた。

「あぁ、パーティか……」僕は呟く。今朝、三ツ矢が話していた。「子供が来てるんだ」

「うん、さっきまで、けっこう大変だった」草薙が目を見開いて珍しい表情で言った。

「え、クサナギさんが？」

「人手不足だから。でも、大変なのは子供じゃなくて、親の方。やっと抜け出して、今これを吸っているところだよ」

僕は、ピロティの消防車とヘリコプタを確かめた。もちろん、誰も乗っていない。

山極麦朗は格納庫まで出迎えにいっていたようだった。僕たちが事務所のロビィで待っていると、山極が三人のパイロットを連れて戻ってきた。そこで、僕たちは生き残った三人を初めて知った。一人は三ツ矢碧、あとの二人は鯉目《コイメ》という兄弟だった。

帰ってこなかった二人の顔を、僕はすぐには思い出せなかった。昨夜のパーティでギターを弾いていた男と、あと、もう一人は……、どんな奴だったか、頭の中のフィルムを少しだけ探してみたけれど、すぐに諦めた。無駄なことだし、余計なことだ。名前をきく気にもなれなかった。記憶に留めることは明らかにマイナスだ。薄情だと思われてもかまわない。そういったウェットな状況に、わざわざ自分を追い込みたくないだけだ。

だから、そのあとの報告会の間中、僕はできるだけ別のことを考えていた。何度か、死んだかもしれない二人の名前が聞こえたけれど、僕はわざと無視した。

今日のダンスのステップを何度も繰り返して頭に描いた。特に最後に出会った黒猫は速かった。速度が特別にあったわけではない。普通よりも舵の反応が〇・五秒速い。つまり、判断が速いのだ。動きは無駄がなく華麗で、滑らかだった。ダンスを踊る相手としてまったく不足がない。

「黒豹《くろひょう》のスカイリィ・J2が、キシヌマ機の下から上がってきて」三ツ矢が両手で機体の位置を示しながら、説明している。「もう少しのところで、キシヌマ機の後ろにつく、というところで突然半ロールした。こう、上を向いて、なにかのトラブルかと思ったくらい。ところが、そこで、ストール・ターンをして、後ろから援護しようとしていたクマタケ機をやり過ごすと、スナップっぽい前転をして、こう、斜め上から被さるみたいに、至近距離で撃った」

黒豹か、と僕は思った。

たしかに、猫よりは縁起が良いし、適当かもしれない。

三ツ矢がこちらに目を向けた。僕は、自分が彼女を見つめていたことに気づいて、視線を逸らした。右手がテーブルの下で操縦桿を探しているみたいだった。

二機とも、その黒豹にやられたらしい。三ツ矢はとても冷静な口調だった。しかし、頭に血を上らせていたのは確実だ。あのときも、彼女は黒豹を追っていこうとした。どうにか思いとどまったのは賢明だった。

次に、草薙が話した。僕はほとんど聞いていなかったけれど、どうやら彼女はその黒豹のことを知っている様子だった。以前は別の機体だったが、同じくボンネットに黒い豹のマーキングがあったという。ボンネットを黒く塗装するのは、太陽の反射光を防ぐ目的がある。どの機体でもやっていることだ。ただ、それを豹の顔の形にしている機体は珍しい。確実とはいえないものの、たぶん、同じパイロットだろう、と草薙は言った。

　しかし、そんなデータにどれほどの価値があるのか。スポーツのように、対戦相手が事前にわかっているならば別だが。それに、敗者が黙ってしまうので、基本的に負けたときのノウハウが充分には活かされないゲームなのだ。

　僕は二機を撃墜した。土岐野が一機（さきに撃ったのは僕だったけれど）。それに三ツ矢が一機落としていた。つまり、トータルでは、四対二の圧勝なのに、誰もジョークさえ言えない。

　こういう場合の唯一の利点は、会議が早く終わることだ。

沈黙が続き、「なにかわかったら、すぐに知らせる」という山極の言葉で、全員が黙って立ち上がった。

　出口で三ツ矢が僕の横を通り抜けて、階段を駆け下りていった。彼女は会議中も帽子を被ったままだった。しばらく、その背中を僕の目が追う。

「なにか一言あっても良さそうなもんだよな」いつの間にか後ろにいた土岐野が囁いた。

「え、誰が？」僕は振り向く。

「ミツヤ女史。うーん、なんだろうね、あの太々《ふてぶて》しさは」

太々しいとは感じなかった。同僚が二人も帰ってこなかったら、あのくらいにはなるだろう。いたって普通だ、と僕は思う。

「しかたがないよ」僕は呟く。

階段を下りているとき、ピロティを駆けていく三ツ矢が見えた。彼女は食堂へ飛び込んでいった。

「パーティがあるんだ」僕は言う。「行ってみる？」

「酒がないパーティなんて、ゾンビの誕生会みたいなもんだ」土岐野が鼻で笑った。「知ってるか？　俺がこの世で一番嫌いなのは、人間の子供だ」

「ゾンビよりも？」

「ゾンビの子供よりも」

僕もそれに近い、と思った。

草薙瑞季のことを連想した。子供といっても彼女くらい大きくて分別があれば問題はない。いくつくらいの子供が集まっているのだろうか。覗いてみたい、という気持ちと、できれば関わりたくない、という気持ちが半々だった。

「出かけないか？」土岐野がピロティで言った。「知らない街を見にいこう」

誰も乗っていない消防車とヘリコプタを確認してから、僕は土岐野に頷いた。

5

土岐野は篠田も誘ったようだ。でも、彼は来なかった。

足がなかったので、基地の前のバス停で二十分ほど待って、僕と土岐野は小さなバスに乗った。既に子供たちのパーティも終わったらしく、何組かの母子《おやこ》が乗り込んできた。それ以外のほとんどは自家用車で来ていたのだろう。駐車場にそれらしい車が並んでいたからだ。母親に手を引かれた子供たちが、一番後ろのシートに座っている僕たち二人をじろじろと見る。たぶんフライト・ジャケットを着ていたせいだ。

バスのエンジンは調子が悪そうだった。かたかたと振動しながら坂を苦しそうにのろのろと上っていき、少し下ったところで一度停車した。そこで、子供たちの大半が降りた。この近辺に住宅が多いのだろう。山の中腹で、既に反対側になるものの、それでも基地に近い。充分に安全とはいえない距離だ。もっとも、うちの会社に関係のある家族しか住んでいないのかもしれなかった。きっとそうだろう。

次のバス停でも大勢が降りた。僕たちの他に乗っている客は五人ほどになった。時刻は十九時を少し過ぎたくらい。空《す》いているのは、街中へ向かうバスが通勤客とは反対方向になるからだろうか。しかし、街が近づいてきても、どこにも賑やかそうなところはなかった。ただ、大通りには中央にトロリィの線路があって、それが僕には少し珍しかった。しばらくして、ライトを鼻先に一つだけ光らせた市電を見かけた。

土岐野が立ち上がって、運転手のところへ歩いていく。話を聞き出してきたようだ。

「この次くらいで降りたらどうかって」戻ってきた彼は、僕の隣に腰掛けながら言った。そのとおり従って降りたところは、ボウリング場の前だった。辺りを見回した感じでは、食事ができそうなところはない。通りに面している商店は既にシャッタを下ろしていた。歩いている人間もほとんど見かけない。

「早いな、こんな時間なのに」

「品行方正」

「誰か知った奴を連れてくるべきだったな」土岐野が囁く。しかし、基地の連中では、今夜はとても無理だっただろう。

「この建物の中が一番望みがありそうだけど」僕は言う。久しぶりにボウリングをしても良いな、と少し考えていたからだ。

レトロな看板がライトアップされているだけで、広い駐車場はギャング映画みたいに暗かった。建物自体も窓が少なく、工場のように寂しいシルエット。どう見ても、あまり流《は》行《や》っている形跡はない。しかし、他に行くところもないので、しかたなく入口へ向かうと、道路の方で急停車するブレーキの音が鳴った。その車はバックしてから、駐車場へ乗り上げてきた。黒いセダンだ。僕たちの近くまで来て停まった。

運転席から降りてきたのは草薙水素。上着を着ていたけれど、制服のままだった。

「おやおや、これはまた、奇遇ですね」土岐野がおどけて言う。でも、彼もびっくりしている様子だ。

「ボウリングするの？」草薙がきく。

「ビールくらいは飲めるかもしれないと思って」僕は答える。自分はあまり飲むつもりはなかったのだけれど。

「ビールなら、こんなところまでわざわざ出てこなくても飲めるだろ」草薙は、入口の方へ向かって歩きながら話した。僕と土岐野も顔を見合わせてから、彼女についていった。

三十レーンくらいあった。手前のコーナにハンバーガ・ショップの赤いネオンが光っている。その手前にビリヤード台が六つ並んでいて、プレィしている者は誰もいなかった。ボウリングの方は五組くらいはいただろうか。とにかく、閑散としている。

「時化《しけ》てんな」土岐野が煙草に火をつけながら呟いた。

「ビリヤード？　それともボウリング？」草薙がきく。

「ボウリング」

「俺はビール」

右手の奥に販売機のコーナがあった。冷えた缶ビールを手にして、土岐野はにっこりと微笑んだ。こういうときは、販売機が神様みたいにありがたいけれど、その箱の中にどれくらいのビールが入っているのか、誰も心配しないところが、不思議な傾向だと思う。マシンガンの弾だってすぐに尽きてしまうのに。

結局、僕の希望どおり、ボウリングをすることになった。草薙が指示を出し、手分けをして飲みものや食べものを集めることになった。僕は、レーンの料金を支払いにいき、ついでにクラッシュアイスの入ったコーラを二つ買ってきた。草薙はハンバーガ・ショップから、大きな紙袋を抱えて戻ってくる。土岐野は、テーブルに缶ビールを六つも並べ、既に第一投を終えて、首を傾げながらスローイングの練習をしていた。

僕と草薙がグラスファイバのシートに座ると、土岐野がスプリットを外して戻ってきた。

「久しぶりだな」土岐野はシートに座りながら言う。

「私は初めて」草薙はボールを手に取りながら言った。「こう?」

「どうだって、もう、好きにして下さいよ。隊長」ビールを開けながら土岐野が言う。

草薙はぎこちないフォームで玉を転がした。なんとか、最後までガータにならずに転がっていった。それを眺めながら、僕はハンバーガに噛みつく。くたびれたマスタードが懐かしい。コーラも喉の奥で一暴れして美味かった。

「どういうつもりだ? あれ」土岐野が僕に顔を寄せて囁く。草薙が第二投のためにレーンに出ていったときだ。

「機嫌が良いんじゃないかな」僕は自分の観測を話す。

「あれでか?」顔をしかめる土岐野。

草薙が手を叩きながら戻ってくる。しかし、顔はほとんど笑っていなかった。僕は立ち上がって、ボールを取りにいく。深呼吸をして、ピンを見つめてから、ゆっくりと前進してスローイング。ボールが手を離れた瞬間に、僕はついついよそ見をしてしまう。他のレーンのボール。振り返って、僕を見ている土岐野と草薙。遠くのビリヤードの台。ハンバーガ・ショップの赤いネオン。いろいろなものを確かめつつ、シートの方へ歩く。そろそろかな、と思って振り返ると、ボールがピンを倒すところだった。三本残った。

テーブルのコーラを手に取って飲む。舌が痺《しび》れる。草薙がビールに口をつけながら、僕を見上げていた。土岐野は、隣のレーンの女に手を振っている。そうしているうちに、僕のボールが「ただいま」も言わずに戻ってきた。僕はそれを取り上げて、また深呼吸をしてから、フォームを思い出してトレースする。ボールが転がり始める。そして、やっぱり同じように、目を逸らしてしまう。癖なんだろうか、と自分で思った。

ボールの穴から離れた僕の指は、

今日の午後、

二人の人間の命を消したのと同じ指なのだ。

僕はその指で、

ハンバーガも食べるし、

コーラの紙コップも摑む。

こういう偶然が許せない人間もきっといるだろう。

でも、

僕には逆に、その理屈は理解できない。

ボウリング場のシートと同じグラスファイバが、ロケット弾の翼に使われている。花火大会と爆撃は、ほぼ同じ物理現象だ。自分が直接手渡さなくても、お金は社会を循環して、どこかで兵器の取引に使われる。人を殺すための製品も部品も、必ずしも人の死を望む人たちが作っているわけではない。

意識しなくても、

誰もが、どこかで、他人を殺している。

押しくら饅頭《まんじゅう》をして、誰が押し出されるのか……。その被害者に直接触れていなくても、みんなで押したことには変わりはないのだ。

私は見なかった。私は触らなかった。

私はただ、自分が押し出されないように踏ん張っただけです。

それで言い訳になるだろうか？

僕は、それは違うと思う。

それだけだ。

とにかく、気にすることじゃない。

自分が踏ん張るのは当然のことだから。

しかたがないことなんだ。

土岐野が豪快な速球でストライクを取った。草薙が拍手をしたので、僕はそれに気づいた。三つ隣のレーンで、四人の女の子たちが遊んでいて、そのうちの一人が土岐野を見て手を叩いていた。土岐野はそちらへ手の平を見せて指を動かした。

「ボウリングも、捨てたもんじゃないな」彼はシートに座って、ビールを傾ける。

きっと、どんなものでも、捨てたものじゃないだろう。

人の命だって、

倒れるために並べられたピンだって、

捨てたもんじゃない。

「カンナミ？」

「え？」

「君の番だよ」目の前に草薙の顔があった。

僕は立ち上がってボールを取りにいく。土岐野がいなかった。辺りを見回すと、彼は三つ隣のレーンのシートに座って煙草を吸っていた。

僕はボールを胸の前に持ち上げ、遠くのピンを見た。

僕の右手は、今は大人しい。

本当は大人しい奴なのかもしれない。

きっと空中戦よりも、ボウリングが好きなんだろう。

6

三人とも、ボウリングの勝敗には関心がなかった。つまり、誰もスコアを付けていなかった。機械が自動的にプリントアウトしてきたけれど、その頃には、缶ビールが六つ空になっていた。土岐野は、女の子たちと食事にいく、と言って、草薙に敬礼した。

「許可をいただけますか?」彼は言った。

「明日の朝、自分のベッドで、生きていることが条件」

「了解」土岐野は手を素早く下ろし、僕を意味ありげに一瞥してから、回れ右をして歩いていった。ビリヤード台のところで、待っていた彼女たちと合流して、もう一度、彼は僕に片手を振った。高い笑い声が遠ざかった。

「もう一勝負する?」座ったままの草薙が言う。

「うーん、そうですね」うわの空で僕は煙草に火をつける。

ハンバーガの紙袋には、まだ食べものが沢山残っていた。ポテトやフライ・フィッシュ。コーラの紙コップは既に信仰心を失ったみたいに萎《しお》れている。氷も融《と》けて、とても飲めたものじゃない。

「どこかで食事をします？」僕はきいた。

「お腹、減っているの？」

「いいえ」

「私は……、そうね、もっと飲みたいかな」

「じゃあ、つき合っても良い」

「待って、場所を聞いてくる」草薙は立ち上がって、店員がいるカウンタの方へ歩いていった。僕はシートに腰掛け、他のレーンの様子を眺めることにした。手を伸ばして、煙草を灰皿の上で叩く。今まで気づかなかったけれど、比重の軽い音楽が流れていた。時刻は二十時。

それにしても、どうして草薙がここへやってきたのだろう、と考える。考えることがなかったからだ。それから、土岐野が急にいなくなって、草薙と僕の二人だけになったことも、突然気になり始めた。たった今までなにも感じなかったのに。今にして思えば、土岐野のあの顔……。片手を挙げて、にやりと笑った表情を思い出して、僕は舌打ちする。短い溜息をつき、脚を組んで頬杖《ほおづえ》をついた。

なるほど……、そういうことか。

土岐野にからかわれたのだ。まるで気づかなかった。

「うまくやりな」とでも言っていたのだろう。

女の子は三人もいたのだから、普通だったら僕も誘われたはずじゃないか。

なんてこと……。

「まいったなぁ」という言葉が口から出る。

「何が？」すぐ横に草薙がいた。

「あ、いえ……」僕はびっくりして、座り直す。

「美味《おい》しいお店、聞いてきた」草薙は言った。「食べられるよね？」

「ええ」僕は頷く。「そのハンバーガより美味《うま》ければ」

「たぶん……」彼女は紙袋を見てから首を傾げる。「大丈夫だと思うな」

僕たちはボウリング場を出た。草薙の車はここに駐《と》めておいて、歩くことにした。路地に入ると、ときどき看板の出ている小さな店があった。人通りは多くはない。

「何が食べられるのかな？」

「さあ、聞かなかった」草薙は答える。「でも美味しいって」

「抽象的ですね」

「カンナミ。さっき話した黒豹のことだけど……」

「それ、さっきじゃないですよ。だいぶ昔」

「あれ、実は私の知合いなんだ」

「どんな？」ずっと僕は下を向いて歩いていたけれど、このとき顔を上げて草薙を見た。

「うーん、つまり、彼、昔はうちの会社の人だった」

「人？」僕は微笑んだ。「なんだか、丁寧な言い方」

「上司だったから」

「あぁ、そういうこと」

「その人、うちの会社が、もうトレーラを作らないって方針に決まったとき、それに反発して辞めちゃった」

「え？　たったそれだけで？」

　トレーラというのは飛行機のタイプのこと。エンジンやプロペラが機体の前部にある形式だ。現在の散香や染赤は、いずれも、プロペラが機体の後部にあるプッシャ・タイプで、つまり、エンジンはコクピットより後方にある。推進力を効率良く働かせるためには、明らかにプッシャが有利だといわれている。

「トレーラに拘《こだわ》る理由って？」僕はきいた。

「何だと思う？」

「脱出のとき、プロペラに巻き込まれない」僕は考えながら言った。しかし、現在の脱出機構は火薬を使った噴出タイプなので、プッシャでもプロペラに巻き込まれるトラブルは回避されている。

草薙は案の定首を横にふった。

「じゃあ、失速したときに、プロペラの後流を翼に当てられる」

これは、極めて限られた操作方法だ。失速時に、強制的な方向転換ができることが、トレーラ・タイプの数少ないメリットの一つといえる。

「それ」草薙が歩きながら頷いた。

「まあ……、順当なところかな」僕も頷いた。「それは、やっぱり、トレーラに慣れたパイロットならみんな言っていることだよね。でも、そんなワザが使える機会は少ないし、だいいち、空中戦の最中に失速に入れるなんてリスクは……」

あぁ、しかし、三ツ矢碧が話していたではないか。

僕は思い出した。黒豹はストール・ターンをしたのだ。つまり、失速とともに急転換して、後ろから来た機体をやり過ごして撃ったという。会議のときにはぼんやりと聞き流してしまったけれど、それはトレーラ機にしかできない芸当なのだ。

パイロットが自分の得意技に都合の良い飛行機に乗りたがるのは自然なことだ。だけど、そのために、敵側のパイロットになる男がいるだろうか？　事実だとしたら、俄《にわか》には信じられない。

「私も飛んでいた頃、一度だけ、出会ったことがあるよ」

「黒豹に？」

「私たちは、黒猫と呼んでいたけど」彼女は可笑しそうに言った。「いつの間にか豹に出世したってことか」

「僕は猫だと思ったよ」

「前を横切られると縁起が悪い」

「言うね」

「ずっとまえだけど、黒い猫を飼っていたことがある」草薙は言った。「毎日、私の前を横切るわけ」

「なにか悪いことがあった？」

「何度も自殺に失敗」そう言って、草薙はくすっと笑った。ジョークのつもりなのだろうか。「ほんと、生きているのが嫌になるくらい」

彼女は急に立ち止まって、看板を見上げる。

そこに猫でもいるのか、と僕は思った。どこかで光る目が二つ、こちらを睨んでいるような気配がした。

「ここ」彼女は首を傾けた。

「何が？」

「ここが、教えてもらったレストラン」

「レストラン？　どこに？」

「さあ……」草薙は肩を竦める。「そこに階段がない？」

「うん、ある」

「上がってみて」

「僕が？」

「女性を先に行かせるなんて、嫌でしょう？」

「いや……、特にそんなことは気にしない方だけど」僕は笑って、階段を上っていった。

壁のペンキがほとんど剝《は》げていた。階段は木製で、擦《す》り切れて角が丸い。暗くて最初は見えなかったけれど、上り切って右手にドアがあった。磨りガラスが微かに明かりを透過して、円弧に沿って並んだ文字でレストランの名前が記されていた。

僕は躊躇なくドアを開けた。草薙の方を振り返って、彼女の冷笑を見たくなかったからだ。それくらいの意地はある。オットセイにだって、これくらいのことはできる。

意外にも中はシックなインテリアだった。細長いガラス管の中で本ものの炎が燃えていて、蝶ネクタイの店員が出迎えた。僕らはコーナのテーブルまで案内される。椅子を引いてもらって腰掛けるという古風な儀式も久しぶりだった。

メニューを手渡され、二人だけになると、僕はテーブルに胸をつけて草薙に顔を近づけた。

「クサナギさん、お金持ってます?」

「ええ」彼女は澄ました表情で頷いた。「どういうこと?」

「二つある」

「二つ?」

「高そうだから、てことと、僕はお金を持っていない、てこと」

「そう?」クサナギはメニューに視線を落とす。「じゃあ、私の二つを聞きたい?」

「何です?」

「値段を気にする男は嫌い、てことと、値段を気にしない男はもっといけ好かない、てこと」

いろいろ注文して、最初にワインを飲んだ。グラスを鳴らしたとき、彼女は「おめでとう」と言った。どうしてめでたいのか、と僕が尋ねると、彼女は「毎日生きていることに」と答えた。僕には、それがめでたいとは思えなかったけれど、彼女の奢りのワインに敬意を表して、黙って頷き、微笑んだ。

オードブル、スープ、そしてフィッシュのメイン。その頃には、ワインは二本目になっていた。僕は草薙の半分も飲んでいなかったのに、すっかり酔ってしまった。頭がぼんやりとして、目を瞑りたい。瞼《まぶた》が砂袋みたいに重くなって、重力との戦いだった。

次の皿は、チキンのソテー。素晴らしく美味しいと思う。できれば、これを最初に食べたかった。

「いつ自分は死ぬと思う?」草薙が突然きいた。

僕はぼんやりとしていて、咄嗟《とっさ》に質問の意味がわからなかった。

「ごめん、失礼だったかな」彼女は微笑んだ。「いえ、でもね、全然真面目な質問なんだ。とんでもなくシリアスでシビアで」

僕は頷く。

「つまり……、いつ死ぬことに決めている?」そう言いながら、草薙は唇を噛み、小さく首をふった。「違うな、えっと……」瞳を上へ向けて溜息をつく。「そうじゃなくて、何ていうの、いつなのかって、それを決めようと思ったことはない? だって、そうじゃないと、このままずるずると、私たち……」

店員がテーブルに近づいてきたので、そこで会話が途切れた。三本目のワインを彼女は注文した。

「もう、僕は飲めないよ」

「私が飲むから」

「でしょうね」

「続き」草薙は片手で頬杖をついた。彼女は料理にほとんど手をつけていない。完全に飲み過ぎだ。「聞いてた？」

「聞いていたけれど、意味がわからない」

「わからないはずはないと思うな」彼女はテーブルの上の皿とグラスを横にどけて、そこに両肘をつき、顔を僕の方へ突き出す。内緒話をするぞ、というアピールだろう。しかたがないので、僕も姿勢を正して少しだけ顔を近づける。

「いつまでも、生きていたい？」彼女は囁いた。「いつまでも、いつまでも……」

「まだ、わからない」僕は首をふった。「そんなに、長くは、まだ生きていないから」

「いつまでも、ずっと、仲間を殺し続けるつもり？」

「仲間？」

「同じ人間でしょう？」

「その言い方は気に入らない」僕はすぐに言った。目を瞑り、椅子にもたれる。彼女からは遠ざかった。

「怒った？」彼女は微笑んでいる。

「酔ったんじゃない？」僕は草薙を見て言い返す。

駄目だ。考えられない。

頭が考えようとしていなかった。

酔っているのは僕の方だ。

でも……、

なにか間違ったことを言ったとは思えない。

「私はね」草薙は優しい表情だった。彼女のそんな表情は見たことがなかった。幻覚かもしれない。「君よりは長く生きている。だから、少しはわかった。ずっとさきのこともシミュレーションができる。それくらいのことは考えられる頭脳を持っているからね。それで、寂しいとか、悲しいとか、虚しいとか……」彼女はゆっくりと首を横にふる。「そんな感情は一切ない。これっぽっちもない。とても冷静なんだ。まったく冷め切っている」僕を真っ直ぐに見据えて、にっこりと微笑む。「これは衝動的な感情でもないし、うーん、なげやりになっているのでもない。ただね……」頰に片手を当てて、顎を乗せる。「自分の人生とか、運命とかに、多少は干渉してみたい。月並みだけれど、それが、つまり、人並み。わかる？　人並みだよ。私たちって何？　人間だよね？　違う？　自分の死に方について考えるのが、人並みなんだって、そう思わない？」

「わからない」僕は首をふった。「運命って？」

「人には、年をとって死んでいくという自然な流れがあって、それは誰にも変えられないもの。それが運命」彼女は目を細める。

「そんなものがあるんだ」僕は鼻息をもらす。

「私たちには、ないわ」

「ない？」

「そう、私たちには運命がないの」

「だから？」

「ときどき、死にたくならない？」

「死にたくなっても、ならなくても、どうせいつかは死ぬんだ」

「だから、君は飛行機に乗っているのね？」

「飛行機に乗っていなくても、死ぬときは死ぬよ」

「死にたいんでしょう？」

「いや……」僕はポケットに片手を突っ込んだ。煙草を探していた。頭は帯電したみたいに痺れている。すぐにでも横になりたかった。呼吸が少し苦しくて、躰中が熱い。でも、汗はかいていない。どこかバランスが崩れている。

　店員がやってきた。お気に召しませんか、と尋ねた。

「何が？」僕はきいてしまった。料理のことに決まっているじゃないか。人生とか、運命とかの話じゃない。

　美味しいけれど、もう満腹だ、と草薙が言い訳をした。僕もお皿を下げてもらった。デザートをどうするか、と尋ねられ、二人ともコーヒーだけ頼んだ。

　僕は草薙をじっと見ている。彼女は、残りのワインを注ぎ入れたグラスを手にして、それを一気に飲んだ。そして、僕を見つめ返して、囁いた。

「私は、死にたい。今夜でもOKだよ。ねえ、お願いしたら、殺してくれる？」

7

結局、そのレストランに一時間半ほどいた。時刻はまだ二十二時少しまえ。しかし、街は深夜のように静まり返っていた。僕と草薙は、暗い路地を歩いた。メインストリートに面したボウリング場までもうすぐという場所で、男が三人、道端に座り込んでいた。嫌なムードだった。僕たちに向かってなにかを言ったようだった。

僕は無視していたけれど、草薙は笑いだした。彼女は上着の内側に片手を差し入れる。僕はそれに気づき、慌てて彼女の腕を摑んで引っ張った。


石を投げられたかもしれない。アスファルトやすぐ近くのフェンスになにかが当たる音がしたからだ。僕は、草薙の手を引いて、駐車場へ急いだ。後ろを見ると、三人の男たちが立ち上がって、こちらを向いている。追ってくる気配はない。助かった、と思った。

「何だよ？」草薙が手を振りほどき、低い声で唸った。

「内ポケットに何を持っている？」僕はきいた。

「確かめてみな」彼女はそう言うと、またくすくすと笑いだした。

僕は確かめなかった。調べる必要はない。拳銃のホルダが見えていた。でも、彼女が拳銃を取り出そうとしたのかどうかは、判断できない。煙草を吸おうとしただけかもしれなかった。それは彼女だってわからないだろう。

それに、そう……、

どうして、僕は彼女を助けなくてはいけないのだろう。

そちらの方がとても不思議だった。

急に大きな障害物が目の前に現れたみたいに、視界が遮《さえぎ》られた感じがする。とてつもなく気持ちが悪い。周りが見えないまま、雲の中を飛んでいるような、不安。

酔いそうだ。

二人のうちどちらが酔っていないか、という会話を交わしたあと、僕が運転席に乗り込んだ。草薙が遅れて、助手席に座り、ドアを引いたが、うまく閉まらなかった。

「半ドア」僕はエンジンをかけながら彼女に注意した。

草薙はドアを再び開けて、もう一度思いっきり閉めた。そんなに力を入れる必要はないのに、本当に渾身《こんしん》の力を込めた様子だった。もちろん、ドアは正常にロックしただろう。

彼女は、ドアが閉まった勢いで、運転席の方へ倒れこんできて、僕の肩に頭をぶつけた。

彼女の手が僕の後頭部へ回り、もう一方の腕は、僕の肩に伸びて、そこを手掛かりに、彼女自身の躰を僕の方へ引き寄せた。

僕は黙っていた。

彼女は僕の口に自分の唇を押しつけた。

二秒。

少しだけ力が緩み、彼女の顔の全体が僕の視野に収まるまで後退する。目を細め、口をスピンナのように尖らせて、笑った。

「どうする？　殺してくれる？」その口が言う。

僕は黙ってギアを入れた。

「さもないと、永遠に私たち、このままだよ」

そうだ、と僕は思った。

「ずっとこのままだ」

けれど……、
少なくとも、昨日と今日は違う。

今日と明日も、きっと違うだろう。

いつも通る道でも、違うところを踏んで歩くことができる。

いつも通る道だからって、景色は同じじゃない。

それだけでは、いけないのか？

それだけでは、不満か？

それとも、
それだけのことだから、いけないのか。
それだけのこと。
それだけのことなのに……。
言葉を思いつかなかったので、僕は黙っていた。
草薙はシートにもたれ、目を瞑ってしまった。
僕はハンドルを握り、賛美歌を思い出した。
ヘッドライトをつけると、
ボンネットの先に蛾が飛んでいた。
二匹。
車は、二人を駐車場から連れ出す。
どこからでもいい、
どこへでもいい、
きっと、
連れ出してほしい二人だっただろう。

episode 5: spoiler

This is the squalid, or moving, part of the story, and the scene changes. The people change, too. I'm still around, but from here on in, for reasons I'm not at liberty to disclose, I've disguised myself so cunningly that even the cleverest reader will fail to recognize me.

("For Esmé — with Love and Squalor" NINE STORIES / J.D. SALINGER)

第5話 スポイラ

これからが、その汚辱的なところ、あるいは感動的なところというわけだけれど、場面はここで一転する。人物も変る。私は依然として登場するけれど、これから以後は、私の口から明らかにすることを許されない理由によって巧妙に扮装してしまっているので、どんなに慧眼な読者でも私の正体を見抜くことはできないだろう。

（「エズミに捧ぐ」ナイン・ストーリーズ／サリンジャー）

I

そのあと、三機の染赤と三機の散香で、二回出撃したが、いずれも爆撃機の護衛任務で、何事もなく戻ってきた。偵察任務を含めると合計六回飛んだ。それが二週間のうちのことだったから、比較的忙しかった方だろう。

そして、急にまえの基地へ戻ることになった。この指令には、土岐野も篠田も喜んだ。僕も少しだけ嬉しかった。ボウリングができることや、美味しいレストランが近くにあることを除けば、こちらの街には馴染んでいなかったからだ。トロリィにまだ一度も乗っていないことだって諦めよう。草薙水素も機嫌が良かった。きっと、例の子供会が近々また予定されていたのにちがいない。

ところが、移動の直前になって知らされたのだが、この基地を出ていくのは僕たちのチームだけではなかった。山極の部下三人も僕たちと一緒に来ることになったのだ。つまり、三ツ矢碧、鯉目新技《アラギ》、鯉目彩雅《サイガ》のことだ。山極はどうやら本部へ戻ることになったらしい。それは彼にとっては栄転に近い。部下が二人も減ったのに不思議な辞令だった。

笹倉が待っている基地へ飛ぶ日は、晴天だった。

戦闘機六機の他、来たときと同様に、泉流に山極と草薙が乗って移動した。草薙は遠慮したみたいだったが、山極は、多少遠回りをしてでも彼女を送っていくのが自分の使命だと主張したという。これは、土岐野から聞いた話だから、真偽のほどは疑わしい。

今まであまり意識しなかったことだが、僕たちがまえにいた基地は、兎離洲《ウリス》という地名だった。固有名詞を僕は覚えない。人の名前でさえ、すぐに忘れてしまう。もう、例のドライブインのウエイトレスの名前さえ僕は思い出せないくらいだ。地名も同じ。そこに住んでいても、半年くらいでようやく覚えかけて、逆に慣れてくると、かえって忘れてしまう。立ち去ったあとには、まるで思い出せない。人や土地と、その名前の文字を、結びつけることの必然性を僕は感じていないのだ。もし、その人が目の前にいれば、名前なんて必要ない。その人が目の前にいなければ、話題にすることはない。つまり、使う機会がない。

でも今回、一度離れて、もう戻らないと思っていた土地へ帰ってきたことは、僕の人生の中では特異なことだ。こういった経験は初めてだった。人間でも一度別れた人と再会することは滅多にない。否、一度もない、と僕の場合は断言できる。それだから、急にこの土地のことが気になって、地名を意識するようになったというわけだ。

その兎離洲の基地に、僕たちは順番に着陸した。ずっとまえの爆撃で開いた滑走路脇の大きな穴も埋められていて、もう工事は終わっているようだった。驚いたのは、格納庫の外壁に緑色のペンキが塗られて、すっかり綺麗になっていたことだ。飛行機がいない間、よほど暇だったのだろう。忙しいほど乱れ、暇なほど整うのは、一般的に広く通用する法則といって良い。

　僕と土岐野は、また同じ部屋に戻ってきた。荷物を置いてから笹倉に会いにいくと、彼は溶接メガネをかけたままで片手を一度だけ挙げた。なにも変わりはない。音が聞こえたのでシャッタの外を見ると、ちょうど滑走路を泉流が飛び立つところだった。山極が一人で帰っていったのだ。

　篠田が僕たちの宿舎へ移ってきた。彼と湯田川が使っていた部屋に鯉目兄弟が入ったらしい。それから、三ツ矢は事務所の草薙のオフィスの隣を使うことになった。特別待遇だ。彼女に対しての希望は二つしかない。一つは、この近辺で子供たちを集めようとしないこと。もう一つは、どこかからコインで動く乗物をもらってくること。乗物の種類は問わない。もちろん、この二つの要求は僕の心に仕舞ったままだ。

　それから、三日ほど飛ばなかった。

　笹倉は染赤につきっきりで、夜も寝ていない様子だった。この飛行機のエンジンはまだ新しく、彼に言わせると「力を出し切っていない」らしい。そういう不完全さが、ばらばらのジグソーパズルみたいに、我慢のならない存在、あるいは堪らない魅力なのだろう。

一週間後には、三ツ矢碧と僕の二機で偵察に出かけた。染赤と散香で組んだ方が武装の守備範囲が広がってなにかと都合良い、という草薙の判断だった。ただ、残念ながら、このときは三ツ矢の腕も、染赤の運動性も間近で見られるような機会はなかった。

考えてみると、この日、兎離洲に来て初めて三ツ矢と会話をした。それも、無線を通じて、「帰ろう」「了解」というワン・ターンだけ。どちらが言いだして、どちらが応えたのかも、よく憶えていない。

三ツ矢は大人しく、とても無口だ。最初の夜、消防車とヘリコプタに乗っていた僕たちに忠告じみた口をきいたのが、強く印象に残っていたけれど、今になってみると、あれは特別だったようだ。もしかしたら、あのときの彼女は酔っていたのかもしれない。

約二時間後に基地に戻ると、土岐野と鯉目彩雅の二機が別の任務で出撃して留守だった。土岐野が帰ってきたら、今夜くらいきっと出かけようと言いだすだろう。まず、間違いない。ドライブインのミート・パイや、クスミやフーコのことを思い出した。三つとも特に会いたかったわけではない。こちらへ戻ってきて、まだ一度も機会がなくて、行っていなかったのに、僕はなんとも思わなかった。だけど、いざ目の前に出てきたら、きっとミート・パイも彼女たちも、僕を嫌な気分にはさせないだろう。トランプを捲《めく》る瞬間みたいに、認識するまでの僅かな時間だけは楽しめるかもしれない。

滑走路から格納庫へ機体を滑らせ、所定の位置に駐めてイグニッションを切った。ところが、同じコースを三ツ矢の染赤がついてきた。彼女は僕の機体のすぐ横に駐めた。

　格納庫から、にやにや顔の笹倉が出てくる。

「なんで？」僕は背後の染赤を親指で示しながら笹倉に尋ねた。

「こっちへ持ってきてもらう約束だったんだよ」笹倉はツナギのポケットに両手を突っ込んで言った。落ち着かない様子である。

　三ツ矢が降りてきて、僕たちの方へ歩いてきた。

「どうも……」笹倉が軽く頭を下げた。

「お願いします」彼女は表情を変えずに機械的に言う。

　笹倉を残して、僕たちは事務所まで並んで歩いた。

「どう？　こちらは」僕は煙草《たばこ》に火をつけながらきく。

「うん、まあまあ」三ツ矢は答える。

「クサナギ氏とは、うまくいっている？」

「どういうこと？」

「いや……」僕は口もとを少し上げて、首をふった。「特に意味はないよ。ごきげんよう、みたいなもの」

「ありがとう」彼女は一瞬だけ微笑んでみせ、すぐにそれを消した。「不満はなにもない。できたら、早く成果を出したいだけ」

「慌てることはないさ」

「そうね、時間はいくらでもある」彼女は頷いた。「そう信じているでしょう?」

ちょうど、事務所に到着したので、僕がドアを開けた。

「煙草が短くなってから、上がっていくよ」僕は彼女にそう言って、談話室の方へ向かう。

三ツ矢は一人で階段を駆け上がっていった。僕は談話室の窓際で滑走路を眺めながら、煙草の残りを吸う。格納庫の前で、笹倉たちが飛行機を牽引しているところが見えた。煙草を消して、最後の煙で溜息を一度ついてから、階段の方へ向かおうとしたら、ドアの閉まる音と、階段を下りてくる足音が聞こえ、三ツ矢が戻ってきた。

「あれ? クサナギ氏、いなかった?」

「いえ、もう報告は終わった」三ツ矢は両方の手のひらを上に向ける。「ちょうど電話がかかってきたし……」

「僕は、来なくて良いって?」

「ええ」

「それは良かった」僕は、微笑んでみせる。「急いで煙草を消して、損したなあ」

僕は冷蔵庫まで歩き、その扉を開ける。

「なにか飲む?」彼女にきいた。

「アルコールは飲まない」

「炭酸は？」

「ソーダなら」

「あるよ」僕はソーダの瓶を二つ摘み上げる。「好みのものを言っておけば、入れておいてもらえる」

「それくらい知っています」

「うん、知っていると思った」冷たい瓶を彼女に手渡した。

「ありがとう」無表情で彼女は頷き、ビニルのシートに腰掛けた。一見、緊張した表情に見えるが、それはいつものこと。それが彼女のデフォルトなのだ。脚を組み、瓶のキャップを捻《ひね》り開けた。

「クサナギさんって、変わってない？」一口飲んでから、彼女はきいた。

「どうかな」僕は鼻息をもらす。特に変わっていると意識したことはなかったけれど、それは変わっていない人間を、僕があまり知らないせいかもしれなかった。「彼女のこと、嫌い？」

「いえ」三ツ矢は珍しく少し微笑んだ。「ここでは、貴方が一番信用できそうだから、話すんだけど……」トーンを落として、彼女は真面目な表情になる。「本当は、クサナギさんが本部へ呼ばれたんだって」

「誰から、それを？」僕は内心かなり驚いた。

「もちろん、ヤマギワさん。他にないでしょう？　クサナギさん、それを辞退して、代わりに彼を推薦したの。自分は、前線から離れたくないって言ったとかって」

「へえ……」僕は軽く頷いてみせた。

「でも……、本当は、貴方でしょう？」

「え？　何が？」

「いえ、私、そういうことに関心はないから」三ツ矢はシートにもたれて腕を組む。「ただね、ちょっとだけ、彼女の思想について引っかかるだけ」

「思想？　クサナギ氏の？」

「永遠に生きるキルドレ」横目で僕を睨みつけて、三ツ矢は言った。「一昨日の夜に聞かされたわ」

　僕は黙っていた。

　一昨日の夜、僕は何をしていたかを思い出そうとした。でも、なにも思い浮かばなかった。

「貴方のまえにいた人のことも」溜息をつき、三ツ矢は頭をシートの背もたれに乗せる。天井を仰ぎ見るような格好になった。首を締めて下さい、とお願いしているようなポーズにも見えた。

「どんなこと？」僕は冷静な口調を保って尋ねる。

「クサナギさんが、殺したんだってね」彼女は上を見たまま囁いた。「凄い妄想」

「妄想？」

「知っているんでしょう？」三ツ矢は、頭を持ち上げ、顔をこちらに向ける。真っ直ぐに僕を見据えた。

「なんだか、そういうふうに言われると、知っているような気になるな」

「誤魔化して……」彼女は苦笑した。

「君は、信じているの？」

「何を？」

「だから、クサナギ氏がクリタ・ジンロウを殺したことをさ」

「へえ、それが名前？」三ツ矢は白い歯を見せて笑った。「馬鹿馬鹿しい」

「本当だよ」僕は言った。

彼女は笑うのをやめて瓶に口をつける。目が僕を捉えたままだった。僕も彼女を見つめながら、ソーダを一口飲んだ。

妄想か……。

それは、炭酸の泡のように忙しい音がするだろうか。

子供の頃の甘い香を運んでくるだろうか。

雨の音にも、潮騒の音にも、似ている。

灰色の海を旋回する翼の振動にも、似ている。

僕は黙っていた。

三ツ矢の笑顔はもう戻らなかった。真剣な冷たい二つの瞳だけが、微動したまま、僕を捉えて放さない。

「正気？」彼女の口から言葉が溢れる。

正気か……。

それは、操縦桿を握っている僕の右手の握力のことだろうか。

「君だって、キルドレなら、それくらいわかるだろう？」

「私は違う」

「そう？」

「私は……」

「ときどき、そう思い込もうとして、本当に信じ込んでしまう奴がいるんだ。そんなのはもう職業病みたいなもので、誰も取り合っちゃくれない」

「私は……」

「良いことを教えてあげよう」僕は彼女の方に近づく。

「お願い、やめて……」三ツ矢は泣きだしそうな顔で首をふった。「ごめんなさい。悪かった。私が悪かったわ。言わないで、お願いだから」

「わかった」僕はホールドアップのポーズで後退し、彼女から離れた。テーブルの瓶を手に取ってソーダを一口飲む。ポケットから煙草を取り出して口にくわえる。ライタを探しながら、彼女を見た。泣いていなかったので、少しほっとした。「どう？　僕が信用できなくなった？」

「いいえ」三ツ矢は首をふる。彼女は立ち上がった。「ありがとう」

「何が？」

「いえ……」

テーブルの上のソーダはまだ小さな泡を出している。半分以上が残っていた。

僕は煙草に火をつけて、煙を吸い込む。

「良かったら、今夜……、もう少し、お話ができないかしら？」

「それは、お願い？」

「お願い」

「わかった」煙を吐き出して僕は頷く。「トキノが帰ってきたら、きっと出かけるけれど、僕は残っているよ」

「ありがとう」三ツ矢は頷いた。

「どうして、今じゃいけないわけ？」

「ごめんなさい。今は、ちょっと、あぁ……」目を瞑って彼女は上を向く。「どうしてか、今は話せないの。今から考えて、ちゃんと綺麗にしておく」

「綺麗に？」

「気持ちをね。つまり、整理しておくってこと」

「ふうん」僕は頷いた。「そんなことができるなんて、羨《うらや》ましいな」

三ツ矢は談話室を出ていき、階段を上がっていった。彼女の部屋はここの二階なのだ、と僕はようやく思い出した。つまり、彼女はわざわざ、ここまで下りてきていたのだ。

煙を吸い込んで、また吐き出した。

きいきいと金属が軋《きし》む音が頭の中で鳴っている。

沢山の野犬が喧しく吠えている。

そういったものたちを、彼女はシャットアウトできるのだろうか。

綺麗な気持ちか……、
それはどんな力だろう、と天井を見ながら僕は考えた。

2

夕方に土岐野が帰ってきた。彼がシャワーから戻ってきたとき、僕はベッドに寝転がって雑誌を読んでいた。

「出かけるぞ、カンナミ」

「いいよ」僕は答える。「クスミのとこ？」

「あぁ」

「よろしく言っといて」

「え？」土岐野は振り返った。「行かないのか？」

「うん、今夜は、遠慮しておく」

「どうして？」

「いや……、べつに理由はないけど」

　ベッドへ近づいてきて、土岐野は僕の顔を覗き込んだ。

「暗い」僕は言う。

「もともと、そこは暗い」彼は溜息をついて部屋の中央まで後退した。「ベッドで本が読みたかったら替わってやるよ。上なんか、眩し過ぎて寝られないくらいだぞ」

「ここでいい」

「目が悪くなる」

「ならない」僕は吹き出した。「もう慣れた」

「誰かな？」シャツを頭から通しながら土岐野が言う。

「何が？」

「カンナミ君と今夜の約束をしたのは」

「たぶん……」僕は雑誌を見たままで答える。「税理士でもないし、一等航海士でもない。ジャズシンガでもないし」

「クサナギ氏だろ？」

「ハズレ……」

沈黙。

僕は土岐野の方を見る。デスクの椅子に座って、煙草に火をつけようとしていた。いつもの彼なら、そうなるまえに、ビールを開けている。つまり、いつもの彼と微妙に違う。

「早くビールが飲みたい」僕は代わりに言ってやった。「違う？」

「ご指摘に感謝」煙を吐き出して土岐野は微笑んだ。「クサナギ氏とはうまくいってるか？あんまり感心しないな」

「全然違うけど、どうして？」

「もしも今からでも可能なら、極力やめた方がいい。頭を下げてお願いする気はないが、まあ、友達として精一杯の誠意ってやつだ」

「違うってば……」僕は雑誌を読むのを諦めた。「バイバイ。フーコにも、よろしく」

「まさか……」土岐野は煙を吐く。「ミツヤ氏ってことはないよな」

「バイバイ」

「おいおい」土岐野は笑った。「それだけは考え直せ。絶対に悪いことは言わないから」

「あのね……」僕は起き上がった。「自分のスケールでものを言わないでほしいんだ。最初から、全然ずれてる」

「うーん、そうかな」土岐野は口を歪ませた。「まあいいさ。一般論だと思って聞いてもらえたら、それでいい。冷静でいてくれ、頼むから……」

「じゃあ、一般論として尋ねるけれど」僕は溜息と微笑みででっちあげた冷静さを装って、紙粘土みたいな呆れた表情をつくった。「たとえば、クサナギ氏やミツヤ氏のどこが、そんなに危険なのかな？　それは絶対的な評価？」

「この世に、絶対的な評価なんてないさ」

「じゃあ、基準は？」

「まあ、俺の人生経験の平均的なところ」

「クスミやフーコと比べているわけ？」

「そうだよ」土岐野は頷いた。「そう思ってもらってけっこう。そのとおりだ。当たり前だろう？　クサナギ氏と寝てみろ」彼は見えないバスケットボールをシュートするように両手でスナップを利かせた。「それこそ……、お前、いつか殺されるぞ」

「それって、文字どおりの意味？」僕は笑いながらきいた。

「文字どおりの意味さ。もっと具体的に言えば、銃で頭を撃たれて、はい、さようなら」

「ふうん……」僕は首を傾げる。「じゃあ、ミツヤ氏の方は？」

「たぶん、抜け出せない。アリ地獄みたいなもんだな」

「それは……、文字どおりの意味じゃないだろう？」

「あぁ」土岐野も吹き出した。「そうだ、文字どおりだったら、凄いけどな。そうじゃなくて、うーん、何ていうか、不自由な目に遭うっていうか……、とにかく、動きづらくなる。そういう意味だ」

「不自由か」僕は頷く。

土岐野のイメージは、すぐに理解できた。とてもストレートだったけれど、彼らしい鋭い洞察だと感じた。

土岐野は黙った。

「他に言うことは？」僕はきく。

「もう言った」

「わかった」僕は頷き、ふっと溜息をつく。

「わかったって、何が？」

「考えというか、姿勢がわかったよ、トキノの」

「俺のことをわかってもらいたくて言ってるんじゃない」

「うん……。もう、やめよう」

土岐野はデスクの灰皿で煙草を揉み消した。

「そうだな」彼は立ち上がる。

「離脱」僕は片手で軽く敬礼した。

「あぁ……、じゃあ……、とりあえず、今夜は気をつけな」

「お互いに」僕は微笑んだ。

3

明かりが見えたので、格納庫を見にいった。一メートルほど上がっているシャッタを潜《くぐ》り抜けると、奥に散香と染赤が見えた。二人の整備士が染赤の胴体の下に座り込んで作業をしている。三ツ矢の機体だ。スポットライトが眩しかった。僕はそちらへ近づいていく。いつもはこの格納庫にはいない二人だった。機体がこちらに来たから彼らも出張してきたのだ。

「ササクラさんは？」僕は尋ねる。

「地下じゃないですか」一人が答えた。

「寝てる？」

「うーん、どうでしょうね」

「もう寝ようと思っていたところだよ」後ろから声。ちょうど階段を上がってきたところのようだ。「なにか用?」

振り返ると、笹倉が道具箱の横から現れた。

「いや」僕は彼の方へ歩きながら言う。「その後の話を聞こうと思って」

「その後の話? あぁ……」笹倉は頷いた。そして、急に声を落として囁く。「吸気チャージャのことか?」

「そうそう。どう? うまくいきそう?」

「駄目だ、あれから進んでいない」

僕たちがここにいなかった間は、飛行機を整備する必要がなかったのだから、時間はたっぷりあったはずだ、と僕は不思議に思った。

「ちょっと」彼は横に頭を傾けて、僕に目配せをする。

彼について外へ出た。笹倉は煙草に火をつける。気温はかなり低そうだ。滑走路は真っ暗闇で、まるで、そこに池があるような、そんな錯覚が容易だった。魚が飛び跳ねる音が聞こえてきそうだ。

「実は、別のものを作っていた」明かりが届かない場所まで来ると笹倉は言った。表情はほとんど見えない。

「へぇ……、何?」

「新しいエンジンだよ」

「どんな？」

「ジェット・エンジンは知っているよな？」

「うん、少しなら」

それは五十年もまえの戦争の頃、ヨーロッパで開発された推進システムだった。ロケット・エンジンのように、後方へ気体を噴出して推力を得る。しかし、燃料効率が極めて悪いこと、高温に曝《さら》される部品の耐久性不足から問題が多発すること、コントロールが難しいこと、などが原因で何十年もまえに実用化は諦められたシステムだ。

「ロケット・エンジンを真似ようとしたから失敗したんだ」笹倉は言った。「そうではなくて、レシプロの延長として、多気筒星型のような発想で、つまり、多角形の頂点をどんどん増やしていって、最後は円になるように、周囲で小さな爆発を作って回転運動を作る」

「プロペラを回すのかい？」

「いや、プロペラはいらない。回るのはブレードだけで、これで、強制吸気して、さらに圧縮をかける。推進はあくまでも排気圧を発生させて行なう」

「じゃあ、やっぱりジェット・エンジンだね」僕は鼻息をもらした。笑ったように思われたかもしれない。「だけどそれって、もう答が出ている技術じゃないかな」

「いや、五十年まえとは機械工作の精度が違う。それに、耐熱合金も、耐熱表面処理も、格段に進歩しているんだ。正直、何故、誰も試さないんだって思うよ」

「ふうん」僕も煙草を取り出して火をつけた。「うまくいくと思う？」

「絶対成功する」

「じゃあ、上に進言してみる？」

「クサナギ氏なら、もう話したよ」

「何て？」

「あの人じゃあ、理解してもらえない。それに、会社だって、今、新しいエンジンを必要としているかどうか、わからない。開発に金をかけたくないだろうし、今のままで充分、会社としては悪くない状況だ」

「まあ、それは言えている」僕は頷く。笹倉が言いたい意味は、よくわかった。「圧倒的に有利な戦力を持っていたりしたら、戦争が早く終結してしまって、それこそ、会社の存続が危ぶまれるってことになりかねない」

「そのとおり」笹倉の煙草の先が赤く光る。「それにたぶん、戦闘機にはあまり向かないエンジンになると思うんだ。高回転だけに、レスポンスがねぇ……。もっと、ゆっくりと一定速度で飛ぶ大型に載せた方が効率が良い」

「ササクラさんのことだから、もう試作したんだね」

「小型の模型は試作したよ。でも、大失敗」

「うまくいかない？」

「あぁ、小さなものじゃ駄目なんだ。レイノルズ数の問題もあって、小さい方がずっと難しい。だけど無駄じゃあなかった。いろいろわかったし、設計に活かせるデータも採れたからね。原理は単純だし、ブレードの精度と耐久性さえクリアできたら、技術的な障害はないといっていい」

「よくわからないけれど……、面白そうだね」

「なんだか、戻ってきてから、クサナギ氏、変だよな」笹倉が言う。急に意外な話になって、僕は少し驚いた。

「そうかな？　どんなふうに？」

「なんとなく、よそよそしい」

「それはまえからだよ」僕は笑った。「親しげなことが、一度でもあった？」

事務所の方を僕は見ていた。そこの扉が開いて、誰かが中庭に出てくるのがわかった。ずいぶん遠くだ。しかし、きっと三ツ矢碧にちがいない。

「さてと……、もう、戻らなくちゃ」

「どこかへ出かけるのか？」笹倉がきいた。

「いや、どこも行かないけど……」僕は歩きだす。「ちょっと、読みたい本があって」

「そんなの、いつだっていいことじゃないか」笹倉が言う。

「何だって、そうだろ？」僕は答えた。

「カンナミ」

「何？」僕は立ち止まって、振り向いた。

「あんたからも、クサナギ氏に、一応……、その、話しといてくれないかな」

「エンジンの話？」

「うん」

「でも、もう知っているんじゃ？」

「いや、意味がわかっていないと思う」

「僕だってわかってない。全然説明できないよ」

「カンナミが言うのと、俺が言うのとじゃ、違うから」

「どう違う？」

「俺はパイロットじゃない」笹倉は僕を見据えた。それは嘘だとわかった。

しかし、理由がわかる。

なるほど……、
彼は、僕と草薙が親しいと思っているのだ。

土岐野だって、なにか誤解していた。

まったく、呆《あき》れた連中だ、と僕は思う。

「OK。話してみるよ」面倒だったので、僕はとにかく頷いた。しかし、笹倉の力にはなれないことは明らかだったから、空気を飲み込んだみたいに気持ちが悪い。「その画期的なエンジンのために、何が必要？　予算？　それとも時間？」

「理解」笹倉は答えた。

当然だ。しかし、それだけは得られないだろう。理解ほど、貴重で入手が困難なものはない。それが得られるのは、きまって、その必要がすっかりなくなったときなのだ。

滑走路の鉄柵《てっさく》に沿った小径《こみち》を僕は歩く。宿舎まで急いで戻った。事務所の二階の窓はまだ明るくて、草薙がそこにいることを示していた。

笹倉の望みは、実に現実的だ。

彼の望みは、いつも形があって、しかも、すぐそこにある。

手を伸ばせば届くところにあるのだ。

僕は、それが羨ましかった。

それに比べて、

僕は、いったい、何を望んでいるだろう？

人生のための楽しみか？

それとも、余裕だろうか？

わからない。

ただ……、

理解、でないことは確かだ。

人に理解されることほど、ぬるぬるとして、気色の悪いことはない。僕はそれが嫌いだ。できるだけそれを拒絶して、これまで生きてきた。

それは、たぶん……、

草薙も同じだろう。

土岐野だって、同じだ。そういうタイプが、飛行機乗りには向いている。理解されたくない、という気持ちが、空へ高く上らせる力となる。

いつ墜ちても良い。

いつ死んでも良い。

抵抗があっては、飛べないのだ。

たぶん笹倉には、それが絶対にわからないだろう。彼は、下から押し上げるのが役目。いつも地球に足を着けて生きている人間なのだ。滑走路から飛び立つとき、もう一度、同じところへ戻ってくることを棚上げにできるかどうか。そんな奇跡など、どうだって良い。雲の上に出て、満天の星を眺めて、そのさきのことなんて忘れてしまえる。自分の人生のすべてを、ただ、地面から離れること、つまり地面からの距離だけと交換できる。その理不尽さを疑いもしない。そんな子供の精神を持っているかどうか、なのだ。

明らかに、笹倉が正しい。人間として正しいだろう。

僕たちが間違っている。人間として間違っている。

ただ、一つだけいえることは、

間違っていても、生きている、ということ。

間違ったままで飛んでいる。

飛んでいることが、間違っていることなのだ。

わからないだろう。

きっと誰にも、わからないだろう。

そして、

誰にも、わかってもらいたくない。

僕はドアを開けて、宿舎のホールに入る。線路に縛られたヒロインのように、素敵な悲鳴を上げるドアだった。階段を上がったとき、煙草がすっかり短くなっていることに気づいた。それを廊下のコーナにあった吸殻入れに投げ込む。

土岐野は、クスミと会っている頃だろうか。ドライブインまでの真っ直ぐな道路を、彼のバイクが走っていく。霧は出ていない。どうして、そんな情景が思い浮かんだのか、わからなかった。

嫌な予感がした。

だけど、嫌な予感がしない夜なんて、お目にかかったことがない。

4

部屋の前。三ッ矢碧は腕組みをして立っていた。僕が近づいていくと、彼女は背中を壁から離して腕を解いた。

「良かった」三ッ矢は言う。「出かけたんだと思った」

「あぁ、そういう奴だと思っているね?」

「うん……、そう思おうとしてたところ」額の髪を払いながら、三ッ矢は口を斜めにする。

僕はドアを開けて部屋の中に入り、デスクの椅子を彼女にすすめた。

「コーヒーを飲む? 言っとくけど、他のものはないよ」

「コーヒーでいいわ」

僕はそれを製造する作業に取りかかる。彼女の方から話してくれたら助かるな、と思ったけれど、三分ほどの間に彼女が口にしたのは、「トキノさんは?」だけで、僕は、「彼のベッドは上だよ」と答えたっきり。

コーヒーカップを彼女の前のデスクに置き、僕は土岐野のデスクの椅子に腰掛けた。彼女との距離は三メートルほど離れている。二人で話をするには、少し遠過ぎるとは思ったけれど、銃で撃つとしたら、まあまあ手頃な距離だ。

「で？」僕はコーヒーに口をつけてからきいた。

「ええ……」三ツ矢は小さく頷いた。

「綺麗になった？」

「うん」彼女は微笑む。瞳を上へ向けて、天井を見る。「きっとでも、うまく話せないと思うけど」

「お金を払っているわけじゃないから、文句は言わないよ」

「ありがとう。その、ええ……、そうね」溜息をもらし、彼女はようやく決心したように僕を見た。「もちろん、話すつもりで来た」

「どうぞ、始めて」

「カンナミさん、ここへ来てどれくらい？」

「えっと、八日かな」

「いえ、そうじゃなくて、まえにいたときのこと。いつ、ここへ配属になったの？」

「夏の終わり頃」

「そのまえは、どこに？」

「話したくない」僕は表情を変えずに一度だけ横に首をふる。

「フライト時間はどれくらい？　もう何年くらいになる？」

「そういう話をしにきたわけ？」僕はコーヒーをすすって飲む。

「いいえ……、ただ、貴方たちキルドレのことを、私は理解しているつもり。でも、やっぱり不思議なの。ほんの僅かな過去と、永遠ともいえる未来。そのアンバランスをどう処理しているのか、あるいは、どう解釈しているのか。それを聞きたい」

「意味がわからないな」

「キルドレって、私たちの会社の商品名だったって、知っている？　遺伝子制御剤の開発の途中で貴方たちが突然生まれて、その新薬につけられるはずだった名称が、貴方たちを表わすようになったの」

「僕たちと、君は、違うって言うんだね？」

「ええ、お願い、待って……、そういう話は」目を瞑って、三ッ矢は片手を瞼《まぶた》に触れる。

「貴方たちキルドレは、歳をとらない。永遠に生き続ける。最初は誰もそれを知らなかった。知っていても、信じなかった。だけど、気づかないはずはないもの。自分だけだと思い込んで、精神崩壊してしまう人もいたし、もちろん、躰が受け付けないというケースも多かった。けれど、一割ほどは、それにうまく順応できて、生き残った。それこそ、本当の……」

「パーフェクト・サバイバ」僕は言う。

「そう……、その生存者が、貴方たちなの。クサナギさんも、そう。いえ、こうして、戦場でビジネスをしている人たちは、ほとんどがそう。それが、五十年まえの大戦との大きな違い」

「ずいぶん、昔の話を知っているね」

「昔、この国は海から魚や鯨を捕《と》った。それを食べるためにね。それを世界中から非難されたんだって。でも、豚や牛を食用にすることは世界の常識だったわけで、その違いは何かっていうと、つまりは、自然のものか、食べるために人間が養殖したものか、という違い。この違いって、どう？」

「馬鹿馬鹿しい」

「自然に生まれた人間は戦っちゃいけないけれど、戦うために人工的に作られた人間なら、それが許されるという理屈？」

「変な本を読んだね」

「ずいぶん調べた」三ツ矢は脚を組んだ。だんだん自信を取り戻しつつある。まるでドラッグが効いてきたみたいに。「まだ、キルドレが生まれて、二十年ほどにしかならない。最初は誰も気づかなかった。でも、だんだん噂が広がっていく。戦死しないかぎり死なない人間がいるって」

「病気で死ぬんじゃない？」

「現代の医学では、それは無視できる数字」肩を竦めて三ツ矢は笑おうとした。「そもそも、最初の一割の淘汰《とうた》で、強い個体が残ったのかもしれない。いえ、そんなことは、どうだっていいの。ただ……、私が知りたいことは、貴方たちがどうやって、自己処理をしているのか。それが問題なの。繰り返される最近を、過去からの時間と、どんなふうにして対比させているのか。想像だけど、たぶん、とても忘れっぽくなって、夢を見ているような、ぼんやりとした感情が、精神を守っているはず。昨日のことも、先月のことも、昨年のことも、全部区別がない。同じように思える。夢で見たことで、過去にあった現実を改《かい》竄《ざん》する。違うかしら?」

「僕のことだったら、だいたいそのとおりだよ」僕はコーヒーカップの黒い水面を眺めていた。海と同じように、この小さな世界も実は球面形なのだ。真ん中が盛り上がっている。そんなことを断続的に切り換わる頭脳の一部が考えていた。「でも、それは、もともとの僕で、そういうふうなんだ、生まれたときからね。小さいときから、ずっとこんなふうだった。ぼんやりとして、起きているのか眠っているのかわからないって、よくお袋に言われた。自分でもよくわからないくらいだ」

「私たちは、どこと戦っていると思う?」

「さあね……」僕はまだコーヒーを見たままだ。「考えたこともない。その質問をさ、銀行員にしてごらん。君はどこと戦っているの? ライバルの銀行? それとも、預金者?

それとも、世界の経済？」

「殺合いをしているのに、相手を知らないんだよ」三ッ矢の声が少し高くなる。

「殺合い？」僕は顔を上げる。「それは、どんなビジネスだって同じことだと思う。相手を押しのけて利益を上げた方が勝ちなんだ。普通の企業に比べたら、僕たちがやっていることなんて、非効率で懐古的なゲームだ」

「ゲームなら、合法的に殺すことができる。合法的に殺してもらえるから？」

「うん、面白い発想かも」僕は煙草を取り出した。

「戦うことは、どんな時代でも、完全に消えてはいない。それは、人間にとって、その現実味がいつでも重要だったからなの。同じ時代に、今もどこかで誰かが戦っている、という現実感が、人間社会のシステムには不可欠な要素だった。それは、絶対に嘘では作れないものなんだ。本当に死んでいく人がいて、それが報道されて、その悲惨さを見せつけないと、平和を維持していけない。いえ、平和の意味さえ認識できなくなる。戦争がどんなものだか知らないのに、戦争は絶対にいけないものだって、そう思い込ませるには、歴史の教科書に載っている昔話だけでは不充分。だからこそ、私たちの会社みたいな民間企業が、汚れ仕事を請け負っているわけだよね」

「合理的だなぁ」僕はくすっと笑う。「ところで……、君は、自分をどう位置づけている？」

「待って、お願い……」三ツ矢は片手を広げて前に出した。「ごめんなさい。とにかく、それは、今は棚上げにさせてほしいの。それを抜きにして話を聞いてほしい。もう少し、お願いだから待って。まだ……、クサナギさんのことを話していない。一番、聞いてもらいたいのは、彼女のことなんだから」

僕は煙草に火をつけた。ライタが軽い音を立てて小さな炎を出す。それを握っているのは左手だった。右手は大人しくしている。眠っているのだろうか。

「あの人は、子供を生んだ」三ツ矢は言う。

彼女はそこで黙った。

それはもちろん、草薙瑞季のことを言っているのだろう。

「だから？」僕はきいた。

「キルドレから生まれた子供だよ」

「だから？」

「わからない？」

「わからない」僕は無理に微笑んだ。

「クサナギさんは、もうとてもじゃないけれど、正常じゃない。破綻《はたん》している。そのことに、どうして上層部は気づかないのかしら？　子供のことだって、知っているはずなのに……」

「僕には、彼女が仕事を正常に処理しているように見えるけれど」

「そうかしら……、部下を殺しても？」

「それは、僕の知らない情報だ」煙を吐き出しながら、僕は彼女を見据える。「もしかして、クリタ・ジンロウのことを言っているの？」

「そう、私も、人から聞いただけだけれど」

「誰から聞いた？」

「ヤマギワさん」

「さっきはたしか……」僕はまだ彼女を見据えている。彼女は少し怯えているように見えた。「それがクサナギ氏の妄想だ、と言っていたね。なのに、今は逆のことを言っている」

「言った。そう思っていたもの」

「今は？」

「私の妄想っていう意味」

「あぁ、それなら……、少なくとも、自覚はあるんだ」

「自覚があれば、何？」

「狂っているわけじゃない」

「妄想かしら？」

「さあね」

「私にも、わからない……」三ツ矢は下を向いて黙った。

両手をゆっくりと持ち上げる。

彼女はその手を眺め、その手で、顔を隠す。

泣きだした。

どうしよう、と僕は思った。

やっぱり、予想したとおりになった。彼女は泣くためにここへ来た。綺麗に泣く準備をして、僕のところへやってきたのだ。

最初から、断れば良かった。

土岐野が言ったとおりかもしれない。

「わからない……」彼女は首をふる。肩を震わせて、とぎれとぎれに呼吸をした。片手を額に当て、片手を膝にのせる。そして、涙で曖昧になった視線を僕の方へ向けた。「私も、キルドレなのかしら？　今、貴方に話したこと自体、私は夢で見たことかもしれないのよ。本当にあったことなのか、単に私の細胞に埋め込まれた人工記憶なのか。そう……、どことなく、なにもかもが、断片的な感じがするの。連続した思い出として認識できない。自分が経験したことだっていう確証がない。手応えが全然ないの。だって……、私だけがキルドレでないなんて、そんな都合の良い話ってないよね？　いつから、私は飛行機に乗っている？　いつから人を殺しているのかしら？　いったいどうして、いつ、どこで、こんな袋小路に迷い込んでしまったんだろうって、毎晩思うんだ。思い出せない、思い出せない。考えても、考えても、子供のときのことが、決まったシーン以外、なにも思い出せなくて……」

「子供と遊ぶのが好きそうだったけれど」

「そう……、まえの基地では、たまたまボランティアの人と知り合ったから、場所を提供して、お手伝いをしていただけ……。子供たちを見ているのは好き。自分も子供のときがあったら良いなって、思うわ。だって、もしかして……、私はこのまま生まれてきたのかもしれないじゃない？　成長しなかったのかもしれない、と思うだけで、もう、地面に足がつかないみたいな……。思わない？　貴方、不安にならない？」

「飛行機に乗っているようなもんだよね」僕は微笑んだ。

「クサナギさんが、クリタという人を撃ったのは、だからきっと……、終わらせてあげようっていう、彼女の愛情だったんだと思うの」

三ツ矢は僕を見た。

どうやら、それが、彼女が一番言いたかったことらしい。

まるで、機銃を撃ったあとのような目つきだったからだ。

自分の弾筋を追うなんて危険な行為だってことを、アドバイスしようかと僕は思った。

そういうときは、すぐに離脱しなくては駄目だ。もっと、後ろを見て、上を見て、下を見て、できるだけ早く次の動作に移らなくてはいけない。この一瞬の静止が一番狙われるとき。一番遅れるとき。最も人間が無防備なときなのだから。

僕は、彼女を撃たなかった。

見逃してやろう、と考えた。

どうしてそう考えたのか、わからない。

僕の右手は、今日は大人しい。

どうしたんだろう?

「でも、クリタさんは死ななかった」三ツ矢は囁いた。

「どうして?」僕はきく。

「貴方になったから」彼女は下を向いたままだ。「もう一度、再生して、新しい記憶を植えつけて、貴方が作られたのよ。貴方はクリタさんの生まれ替わり」

「どうして、みんなそれに気づかない?」僕は冷静だった。

「そのくらい、変えられるもの。ちょっとした変化で、人の表面なんて変わってしまう。でも、中身はそっくり同じ。そうしないと、クリタさんが持っていたノウハウが失われるから。パイロットとしての、兵器としての性能が失われるから」

僕は笑っていた。

面白い発想だった。

「コーヒーはどう？」僕は煙草を消しながらきいた。

「ええ、美味しい。ありがとう」

「僕も……、面白かった、ありがとう」

5

三ツ矢碧は部屋から出ていった。コーヒーを飲み終わった頃には、すっかり涙も消えて、いつもの無表情な彼女に戻っていた。気分が良さそうだった。わかる気がする。つまり、気持ちが綺麗になったのだろう。ときどき、こうして吐き出さないといけない。そういうことらしい。このまえの戦闘で死んだどちらかの男が、今までは彼女の聞き役だったのだ。それらしいことを彼女自身が最後に告白した。

「ごめんなさい。でも、助かったわ。本当に、ありがとう。私のことを助けたと思って」

三ツ矢は淡々とした口調でそう話した。まるで感情のない、ドライな感じである。さきほどとは別人のようだった。

「おやすみ」どちらかがそう言った。

ドアが閉まり、足音が遠ざかる。

時刻は二十時を回っていた。

土岐野はまだ帰ってこない。

僕は、カップに残っていた血のように冷たいコーヒーを飲み干した。どういうわけか、砂場の底に溜まった水を連想した。濾過《ろか》されて、泥水から作られた真水。コーヒーの味は、そんな思考の後ずさりを促す効果がある。

カップを洗い、食器棚に戻す。

煙草にまた火をつけ、空気を入れ替えるために窓を開けた。

三ツ矢の話は考えないことにする。

それは、今このときが現実なのか夢なのか、という命題と同じで、いずれかに決めることはできない。決めてもしかたのないことなのだ。今までにも似たような話を何度も聞いている。この世界では、つまり飛行機乗りの分野では知れ渡った話、そして、病気なのだ。誰もが、酔いっ放しになる。地上に降りても、精神が浮遊したままの状態になる。完全な職業病だ。

自分は何者なのか？

どうして、人間なのに、雲の上を飛んでいるのだ。

どうして、人を撃ち落とすのか。

負けた者は、どうして地面へ戻っていくのか。

どうして、

どうして……。

踊りを舞うような、洗練された運動にしか、美を見つけられない。人を愛することを忘れて、自分を生かすことを忘れて、知ることも、思い出すことも、雲の上に忘れてきてしまうのだ。

ただ滑らかに飛び、

風を切って翻《ひるがえ》る。

その瞬間に、自分の中の無が見える。

しかし、その夢心地を、地上で思い出すことはできない。

どうしても、できない。

自分は、何者なのか？

どうして、生きているのだろう。

煙が漂う。

僕の周りにも空気がある。

死にたいと思ったことが、僕にもあっただろうか。

たぶん、あった。

あったのに、それがもう、思い出せない。

記憶する回路が壊れているのか、それとも、もう記憶がいっぱいなのだろうか。
生き過ぎている？
しがみついて、
墜ちないように、踠《もが》いて……、
必死になって飛んでいるうちに、死にそびれてしまった。
そうかもしれない。
きっと、
三ツ矢のように、あれこれ考える他に、
この呪縛《じゅばく》から逃れることはできないのだ、生きているかぎり。
クサナギも、同じだろう。
僕だって、きっと同じだ。
土岐野だって、篠田だって、違わない。
戦争反対と叫んで、プラカードを持って街を歩き、その帰り道に喫茶店でおしゃべりをして、帰宅して冷蔵庫を開けて、さて、今夜は何を食べようか、と考える……、そんな石ころみたいな平和が本ものだと信じているよりも、少しはましだろうか。
自分で勝ち取ったものなどありはしないのに、どうやったら自分のものだと思い込めるか、そんなことばかり考えて生きているよりも、少しはましだろうか。

とにかく、切換えスイッチはない。
右手が痛かった。
知らないうちに、強く握り締めていた。
悲鳴が聞こえる。
窓の外だ。
僕は煙草を灰皿に押しつける。
心臓の鼓動が速くなった。
女の悲鳴だった。
銃声。
そう、花火ではない。
銃声が聞こえた。
夢だろうか、と思う。
一秒。
僕は立ち上がった。
土岐野がいてくれたら、と考えた。
二秒。
僕は速い息を吐く。

行かなくては……。

ジャンパを着よう、と思った。

そうだ、クスミからまだ返してもらっていない。

どうして、

今、

そんなことを、

思い出したのだろう？

三秒。

ドアを開けて、通路に出る。

階段の方へ歩く。

だんだん駆け足になる。

中庭を走り抜ける。

事務所のロビィへ飛び込んだ。

言い争う女の声。

階段を駆け上がる。

草薙のオフィス。

ドアは、閉まっていた。

僕はドアをノックする。

そして、

返事を待たずに押し開けた。

6

デスクの向こう側に草薙水素が立っている。

僕のすぐ前、つまり部屋の中央には三ツ矢碧がいた。両手を真っ直ぐに伸ばして、拳銃を草薙に向けている。草薙の背後の窓に、放射状にクラック。中心部は白くなり、弾が抜けた穴が見えた。

「出ていって、カンナミ君」三ツ矢はこちらを見ずに言った。

「出ていきなさい、カンナミ」草薙が低い声で言う。

「何の騒ぎなのか、教えてくれたら、出ていきます」僕は一歩前進しながら、二人の様子を観察した。

「見ればわかるでしょう?」三ツ矢の顔が振り向いた。「私は、クサナギさんを撃とうとしている」

「理由は?」僕はもう一歩彼女に近づく。

「ヒステリィ」デスクの向こうで草薙が言った。「危ないから、カンナミは出ていって。これは命令です」

「落ち着けとか、やめろとか、言うつもりはない」僕は三ツ矢と草薙の間に立った。「ただ、馬鹿げている」

「馬鹿げているよ」三ツ矢が言う。

「あぁあ……」後ろで草薙が溜息をもらす。

「勘違いしないで」三ツ矢が銃を下げた。「私がこんなことをしているのは、彼女に挑発されたからなんだ」

「そうそう……」草薙が呟く。「よく言うわ……」

「その人は、撃ってほしいって言った。自分は人に撃たれて死にたいって、そう言ったんだ」三ツ矢は無表情だった。特に興奮しているようには見えない。「だから、部下として、上司の指令に従っただけ」

「本当に？」僕は振り返って草薙を見る。

「座って良いかな？」草薙が言った。

三ツ矢は返事をしない。草薙は椅子に腰掛けた。

「銃を仕舞った方が良い」僕は三ツ矢に向かって片手を伸ばした。「それとも、その銃を僕にくれる？」

「これは私の銃だよ」

「じゃあ、貸して」僕はさらに手を伸ばす。

「何故？」

「君の代わりに、僕がクサナギさんの命令に従おう」

「代わりに撃ってくれるって言うの？」三ツ矢は少しだけ表情を変えた。

「名案だ」後ろで草薙が呟く声。

「先輩を信用したら？」僕は三ツ矢に言った。先輩というのはつまり、草薙の部下として彼女よりも長い、という程度の意味だった。

沈黙。

誰も息をしていなかっただろう。

三ツ矢は一度瞬《またた》いた。

そして、下げていた腕をそのまま持ち上げる。

銃口が僕の方へ向く。

僕は左手を伸ばしたままだった。

銃を持った彼女の手に、僕の左手が接近する。

僕を睨みつけた彼女の目を、僕の瞳は捉えていた。

僕は、銃身を摑んだ。

沈黙。

三ツ矢の右手が、銃を放す。

僕は呼吸をする。

彼女も呼吸をして、視線を床に落とした。

「そうだ」僕は呟いた。「離脱したときは、すぐに……」

周りを見ろ！

次の獲物を探せ！

左手で受け取った銃を、
僕は、右手に持ち替えた。

振り返る。

デスクの向こう側に、草薙水素が座っている。

「出ていきなさい、ミツヤ」顎を上げ、目を細めて、草薙が言った。「私が死ぬところを、貴女には見られたくない」

「死にたかったら、死ねば」三ツ矢は小声で囁く。僅かに顔を歪めていた。

早足でドアへ歩き、三ツ矢はノブを摑んだ。

「失礼します」彼女は僕を睨んで言った。

ドアを開け、三ツ矢は出ていく。

音を立ててドアが閉まった。

足音は遠ざかり、階段を駆け下りる音、ロビィのドアの音。

彼女の部屋はすぐ隣のはずなのに、と僕は思う。

沈黙。

僕はドアを見つめていた。

それに気づいて、デスクを振り返る。

草薙が真っ直ぐに僕を見据えている。

デスクに隠れて見えなかった彼女の右手が、ゆっくりと上がる。引金に指を入れ、拳銃を握っていた。

「よくあることですか？」僕は質問した。

「ときどき」草薙は答える。「煙草を吸って良いかしら」

「どうして、僕にきくんです？　ここは、貴女の部屋だ」

「殺されるまえに、一本だけ吸いたいと思って」

「どうぞ」

彼女は自分の拳銃をデスクの上に置き、引出を開けて煙草を取り出した。僕は部屋の中央に立ってそれを眺めている。僕の右手は重い銃を持ったまま垂れ下がっていた。おそらく今頃になって、自分の存在理由を探しているのだろう。

草薙は煙を吐き出した。彼女は目を細めて、上を見る。空を見たのかもしれないけれど、天井が邪魔をしていた。

「地上で死ぬのは惨めなものでしょうね。屍《しかばね》を曝すことになるんだ。特に、嫌な奴が近くにいるときは、我慢がならない」

「嫌な奴って？」

「たとえば、私の母親とか、叔母とか……」草薙はそこでくすっと笑った。「いえいえ、気にしないで……」

「クリタさんを殺した、という話は？」

「本当」彼女は簡単に頷いた。

「彼が殺してくれと？」

「もちろん」

「彼のことが好きだった？」

「ええ」

草薙は目を瞑った。片手に煙草。細く真っ直ぐ、白い煙。

僕には、彼女が次に口にする言葉が、わかった。

私を殺してくれない？

鼓動。

呼吸。

軽い眩暈《めまい》。

僕は、額の髪を払う。

汗をかいていた。

「カンナミ」目を瞑ったまま、草薙は言った。「その銃で、私を撃って」

「それは命令ですか？」

「何でも良いわ」

「死にたかったら、そこに銃がある」僕は言った。

草薙は目を開けて、僕を見た。

それから、デスクに置かれた拳銃を見た。

僕を支配しているのは、右手だった。

僕は、彼女に冷たい言葉を投げた。

それはきっと、防衛本能だっただろう。

僕は、

いつだって、

そうして、

生きてきたのだ。

そうしなければ、
生きてこられなかったのだ。
人の命にまで、
関わっている暇はない。
草薙は、ふっと息をついた。
笑ったように、見えた。
煙草を口へ。
赤く光り。
僕に瞳を一度向け。
僕の右手が震え。
彼女は、煙草を灰皿に押しつけ。
唇がなにかを言いたそうだったけれど。
ただ、煙が漏れ出ただけで。
彼女の手は、灰皿の上から、拳銃へ移動し。
彼女は僕を見なかった。
拳銃を手に取り。
持ち上げ。

指は引金に。
銃口を自分の顳顬《こめかみ》へ。
彼女は僕を見なかった。
僕の右手は滑らかに持ち上がり。
一瞬の躊躇もなく。
引金を引き。
爆音。
草薙の躰が弾んだように見え。
残像。
右腕から肩へ。
衝撃が伝わって。
残響。
火薬の匂い。
残響。
白煙。
残像。
「クサナギ」僕の口は呟いた。

デスクの向こう側の彼女を、僕の両眼が捉え。
草薙水素はもう動かなかった。
僕はゆっくりと近づき。
肘掛け椅子。
灰皿。
細く立ち上がる煙。
草薙の腕は椅子から垂れ下がっていた。
僕はデスクを回って、彼女の横に跪《ひざまず》き。
「クサナギ」
彼女の顔は斜め。
目は閉じられ。
口は僅かに開いたままで。
左胸に穴が。
僕の銃が開けた穴が。
射撃訓練のとおり、心臓を正確に撃ち抜いて。
床に拳銃が落ち。
その少し上に、垂れ下がった彼女の白い手。

その手から、美しい血が滴《したた》り落ち。

僕の右手は、まだ銃を握っていた。

僕は、それを床に置く。

そして、

彼女を殺した同じ手で、彼女の額に触れた。

彼女の目が、動いたような気がした。

もし、まだ息があったら、

僕にお礼を言ってくれただろうか。

少女のような顔だった。

穏やかな、

眠っているような、

満足げな。

僕は、自分が落下していく幻想を見る。

どんどん速度を上げて、真下へ降下していく。

スポイラを出して、抵抗を増しても、

速くなる。

目映《まばゆ》い光が遠くに見えて。

そこへ向かって、落ちていき。

いろいろなことが、思い出され。

それ以上に、いろいろなことを、思い出せなかった。

僕は、デスクの電話に手を伸ばし、受話器を取る。

「もしもし……、救急車を」

7

救急車よりも早く、三ツ矢と土岐野が部屋へ飛び込んできた。土岐野が何を言ったのか思い出せない。三ツ矢は泣いていたように思う。いずれにしても、記憶は秋空の雲のように曖昧だ。

僕はしばらく違う場所にいた。

そこが、僕の存在を許容したからだ。

病院なのか、本部なのか、それとも警察だったのか、わからない。

少しずつ回復して、僕の中から外を見る窓がクリアになってきたとき、僕は、広い芝生の庭の木蔭で、ベンチに腰掛けていた。近くには誰もいなかった。けれど、どこかから見られているような気がして、振り返ると、のっぺりとした白い壁の建物があって、並んだその窓ガラスから、何人かの人間の顔が覗いていた。

展覧会のようだ、と僕は思った。

展覧会なんて、行ったことないくせに。

でも、

気分は良い。

煙草が吸いたかったけれど、ポケットを探しても、それはなかった。

空を見上げる。

ずっと高いところに、一筋の飛行機雲があった。機影は見えない。他に雲は一つもなかった。空気は澄み切って冷たい。僕は見たこともない分厚いセータを着ていた。季節は冬だろう。太陽の位置から、十五時頃だとわかった。それが、僕の知っている太陽ならば。

ドアが開く音。

人影が見えた窓の近くのドアだ。白衣を着た女性が現れて、煉瓦《れんが》の階段を下りてこちらへやってくる。彼女は僕の近くまでくると、立ち止まった。

「もう、お部屋へ戻りますか？」

「また、飛行機に乗れるかな？」僕は尋ねた。

そして、空を見上げる。

飛行機雲は、まるで子供の頃の記憶のように、いつの間にかぼんやりと太くなっていた。

「ええ、もうすぐですよ。ご気分は？」

「綺麗だ」

「え、何が？」

「気分が」

epilogue

エピローグ

夢の中で、僕はただ戦った。誰のためでもなく、なにも望まずに、純粋な気持ちで相手に向かっていった。僕は誰にも負けなかった。誰も僕を墜とすことはできなかった。

僕は特別な子供で、普通とは多少違った神経を持ってたから、その分普通とは違う感情を持っていたし、普通とは違う動きもできた。僕は、自分を取り囲む存在から外へ抜け出そうとして、それはつまり、その中へ閉じ籠《こ》もることに等しかったのだけれど、ずっと考え続けてきたし、抵抗もした。

たぶんきっと、こんな表現ではわからないだろう。

誰にもわかってもらえないのにちがいない。

わかってもらう必要などないのだ。

ただ、一つ確かなことは、彼女が、僕と同じだった、ということ。それがわかった。誰のためでもなく戦うことができる純粋さを、彼女も持っていたからだ。

それなのに、
周りのみんなは理由を沢山用意する。この世は、うんざりするほど理由でいっぱいだ。

ゴミのように理由で溢《あふ》れている。人はみんな理由で濁った水を飲むから、だんだん気持ちまで理由で不透明になる。躰の中に、どんどん理由が沈澱《ちんでん》する。

だから、

最後には、自分もゴミになりたくなってしまう。

追い込まれてしまうのだ。

たとえば、

彼女は僕を愛していない。

僕も彼女を愛していない。

愛情なんて理由が、僕たちには必要なかったからだ。

たとえば、

彼女はただ一つを望んだ。

僕に殺してほしいと。

それで、僕は彼女を殺した。

それが、

僕の唯一の望みになった。

もし僕が殺さなかったら、彼女は自分で自分を殺しただろう。

それでは、あまりにも孤独だ。

孤独だって、ゴミのような理由の一つで、
純粋さを汚《けが》す概念だといえるけれど……。
でも……、
誰かがマッチを擦らなくては、ゴミは燃えない。
僕は、彼女を殺した。
彼女が、自分を殺すまえに、
彼女のために、彼女を、殺したのだ。
きっと、
彼女は生き返る。
僕だって生き返る。
繰り返し、僕たちは、生きることになるだろう。
そして、また……、
戦おう。
人間のように。
永遠に、戦おう。
殺し合おう。
いつまでも。

理由もなく、
愛情もなく、
孤独もなく。
なんのためでもなく、
なにも望まずに……。

各章冒頭の引用はすべて、
NINE STORIES / J.D. SALINGER
日本語訳はサリンジャー『ナイン・ストーリーズ』
（野崎孝訳・新潮文庫）によりました。

スカイ・クロラのこと

鶴田謙二

誠にもって申し訳ない告白ですが、森博嗣《もりひろし》さんの小説はこれまで読んだ事はありませんでした。それでなくても元々熱心な読書家とは程遠く、有効に使いたい寝床から仕事場までの移動も三〇秒では読書に最適な時間とは言えず、日々読書量は減る一方です。さらに、ある日を境《さかい》に小説を読むのを積極的に止めてしまっていた事情もあります。年に何度か絵を頼まれたときに読む、最近はすっかりそれだけになってしまいました。興味が離れたことで読み方を忘れてしまい、いわゆる「行間」がわからなくなってしまったのかもしれません。

そんな中で仕事として読んだ『スカイ・クロラ』。読者の方はお分かりでしょうが、小説を読みつけていない頭にはちょっと強烈でした。

読んでみてすぐに気付いた自分との共通点がひとつ。僕は漫画家ですので自分で話を作りますが、その時には自分なりのある原則に則《のっと》って作劇しています。登場人物間の暗黙の了解事項は暗黙として表現する、という原則です。『スカイ・クロラ』と似ています。『スカイ・クロラ』は主人公の主観で描かれた物語ということもあってこの辺りは徹底していました。余計な描写が無い。言い訳も無い。本来必要だと思われる描写も無い。これです。説明のための説明をしない、という言い方はちょっと的外れで、説明を加えると壊れてしまうものを描きたいという方が近いかと思います。

そして更に言えば、このやりかたにはちょっとした壁があって、方法論が本論や本筋を妨げたり凌駕《りょうが》したり転化したりで、描かれるべき情景まではなかなか届かなかったりしがちです。描いても誰にも気付かれなかったり、あるいは手段そのものが「世界観」と言われてしまうこともあります。本来はたとえ野暮《やぼ》な説明文でも効率良く正確に伝わればその分、深かったり広かったりする作家独自の領域に読者が踏み込む可能性が高くなるわけで、逆は当然回り道です。それ故どこまでなら言葉を取り去っても道が外れないかのさじ加減に日々気を使うわけです。自分にとっては小さくないあの壁ですが、しかしながら、感動的なさじ加減というものがあるものですね。『スカイ・クロラ』は最後にはきっちり踏み込めました。簡潔なのに芳醇《ほうじゅん》。手本を見た思いでした。キルドレ。クサナギスイト。謎として展開されていく主人公の物語の過程とはまた別に、段々と状況が解《ほぐ》れていく過程がなんとも楽しい。さらに突然にして空が晴れる瞬間まで用意されています。なんでも森さんは頭の中で作品を完成させてあとはすらすら出力するだけという噂ですが、それでこの完成度なのでしょうか。恐ろしい人です。

「初めから完成していた作家」という風評は一作で十分理解できました。

それともう一つ書いておかなければならないのは、読み終わるまで絵が無かったことに気付かなかったことです。よく見たら表紙に青い空と白い雲の写真があるだけ。これこそ忘れていた、何か、だと思いました。忘れていた事にも気付かない程疎遠になっていた、何か、です。仕事でなければどんなに素晴らしい体験だったことか。それに絵を付けなければならない立場を解っていただけるでしょうか。絵が無いから良かったのに。

その後、僕は日に日に小説が好きになっています。まるで洗われたように、小説を読める頭に戻ってきているのです。続編『ナ・バ・テア』では、たった一行の文字列にやられてしまいましたから。

（つるた・けんじ　漫画家）

巻末インタビュー

『スカイ・クロラ』について

森 博嗣

インタビュア：清涼院流水

——本日は、英語版『スカイ・クロラ』の完成を記念して、著者の森博嗣さんにお話を伺い、この作品の奥深い魅力に迫りたいと思います。森博嗣さんはAmazon.co.jpから「殿堂入り著者」に選ばれている、日本を代表する人気作家でいらっしゃいます。これまで、日本語では多くのインタビューを受けられていますが、英語のインタビューが世に出るのは初めてでしょうか。このインタビューが英語圏の森博嗣ファンに届くことを期待しています。森さん、本日は、よろしくお願いいたします。

森博嗣（以下、森）　よろしくお願いします。そして、そのまえに、翻訳いつもありがとうございます。感謝しています。

——二〇〇一年に『スカイ・クロラ』を発表される以前、森さんは、ミステリィ（推理小説）に分類される作品を主にご執筆されていました。『スカイ・クロラ』は、それ以前の森作品とは非連続の領域へと大胆に踏み出されたような印象が、当時ありました。森さんの中で『スカイ・クロラ』の構想は、発表の何年も前からお持ちだったのでしょうか。あるいは、出版社（編集者）から「何でも自由に書いて良い」と言われて、その結果として思いついた構想なのでしょうか。

森　この作品は、編集者から「飛行機もの」を書いてほしい、と依頼されて書きました。僕の場合、自分から書きたいものを書くということはほとんどありません。このときは、「飛行機ものか、博士もの」みたいな依頼だったように記憶しています。依頼されてから、一年くらい構想を練りました。「博士もの」は既にあったから、「飛行機もの」を選びました。

――なるほど。森さんは「作家は注文に応えるメーカである」とお書きになっていたこともありますが、そのような経緯だったのですね。ご執筆に関して、「タイトルが決まれば、作品の半分は、できたようなもの」というご発言を何度か過去にされています。「スカイ・クロラ」という印象的なタイトルは、いつ、どのように浮かんだのでしょうか。また、そのタイトルが浮かんだ時に、この長編一冊ぶんのストーリィの大半は見えたのでしょうか。

森　飛行機ものを書くことになり、最初にタイトルを考えました。一年近く考えたと思います。タイトルを決めようとすれば、自然に設定や内容がおぼろげに浮かんできます。最初に、地理（山や街の配置など）を想定し、建物の配置を決め、その次に、登場人物の名前を決めます。どんな人物なのか、どんなストーリィなのか、というものは、書きながら浮かんでくるものです。書き始めたときには、二、三作さきまで見えてきます。

――一作目の『スカイ・クロラ』をご執筆中から既に、このシリーズの続編の構想も膨らんでいたのですね。『スカイ・クロラ』を執筆されていた際、将来的に海外の読者が読むことを、どの程度、想定されていたでしょうか。海外の読者が読むことを考えて、内容を配慮した部分などはあるでしょうか。

森　僕は、いつも海外で翻訳されることを念頭に書いています。どの作品もそうです。『すべてがFになる』のシリーズでも同じでした。日本の読者を特に意識していない、という方が近いかもしれません。自分が読んでいるのが海外翻訳ものばかりなので、自然にそうなります。ですから、海外に向けて配慮した部分というのはありません。全体がそうだともいえます。

――たしかに、森さんの著作からは海外翻訳ものに近い雰囲気を、ずっと感じていました。翻訳もの、といえば、『スカイ・クロラ』の各章冒頭では、J・D・サリンジャーの『ナイン・ストーリーズ』からの引用が紹介されています。また、森さんは、ご自身初の英語短編集に『Seven Stories』というタイトルをつけられましたが、『ナイン・ストーリーズ』という作品集、あるいは、サリンジャという作家に、何か特別な思い入れをお持ちなのでしょうか。

森　そうですね。大好きな作家の一人ですし、作品としても一番好きなものです。発想とか視点が凄い（鋭い）と感じています。大好きな作家には、とにかく近づかないように気をつけています。

――「大好きな作家には、とにかく近づかないように」というのは、リアルな著者を知ってしまうと、ご自身の中で、憧れや敬意といった美しい感情が壊れてしまうからでしょうか。森さんは多くの熱心なファンをお持ちですので、「あまり生身の自分には近づかないでくれ」という高度な牽制テクニックなのかな、とも思いました。これを英語で読む海外の読者にも、いつか森博嗣さんにお会いしてみたい、という読者は、当然、出てくるでしょうから。

森　違います、そういう意味ではありません。近づかない、というのは、それに近い作品を書かない、という意味です。つまり、大好きな作家がいれば、極力、自分はそのフィールドの作品を書かないように努めます。理由は、素晴らしい作品が既にあるからです。気に入ったものがあれば、それを自分はしない、というのが僕の基本的なスタンスです。オリジナリティを大事にしているから、当然このような防御が必要になります。そうでなくても、好きなものは自然に作品に染み出てきますから、意識して避けるくらいでちょうど良いと思っています。

――『スカイ・クロラ』では戦闘機の操縦や飛行機の動きの描写のリアリティが圧巻です。森さんは模型飛行機の製作も趣味とされていますが、模型飛行機の知識で、ここまで書けるものなのでしょうか。模型飛行機以外にも、飛行機の機構については昔からかなり勉強されていたのでしょうか。

森　僕は、プラモデルの飛行機ではなく、実際に飛行するラジコン飛行機を作ります。原理は、実物も模型もまったく同じなので、知識は同一です。実機の機構については、ほとんど知りません。特に戦闘機には興味がないため、今でもなにも知りません。すべて想像です。作品を書くために調べたことはありません。ノンフィクションを書いているわけではないので、実際と同じである必要はなく、むしろ、違っていた方が良いと考えています。

――たしかに、ご興味がないと言われた戦闘機としての性能、つまり武器などには、そこまで深い描写はなかったかもしれませんね。飛行機の描写に迫真のリアリティがあるので、武器への無関心には、気づきませんでした。新たな発見です。また、「フィクションなので現実と違っていた方が良い」というのは、いかにも森さんらしい、強い言葉だと感じます。現実と少し違う、ということに関して、海外読者にはわからないかもしれませんが、『スカイ・クロラ』の登場人物には、日本社会では一度も聞いたことのないような珍しい名前がいくつも登場します（たとえば、虚雪《ウロユキ》、麦朗《ムギロウ》、鯉目《コイメ》、新技《アラギ》、彩雅《サイガ》など）。これらは、この作品が「未来」であり「異世界」であるという記号でしょうか。あるいは、何か別の意味があるのでしょうか。

森　意味は特にありません。日本的な響きがある名前として考えました。外国人が日本を舞台にして書く場合に、こんなふうに名前を決めるのでは、という想像です。

――永遠の子供たちを示す「キルドレ」というネーミングは、「kill（＝殺す）」と「チルドレン」を合わせただけでなく、「キル」の「奴隷」というニュアンスも込められているのでしょうか。あるいは、「奴隷」の音に近いのは偶然でしょうか。

森　ただ、チルドレンから、キルドレとしただけで、kill の意味を持たせたつもりはありません。意味はなく、響きで決めたものです。

――kill の意味も込められていなかったのですか。その上で「キルドレ」という説得力のある響きが出てきた、というのは驚きです。そのキルドレについて、『スカイ・クロラ』は未来、あるいは異世界のお話ですので、そもそも法律が違うのだと思いますが、子供であるはずのキルドレたちが喫煙や飲酒運転を日常的に行っているのは、彼らが死を恐れていないことを示すための意図的なものでしょうか。

森　僕は、登場人物は二十歳くらいにイメージしているので、自然に書きました。十代でも、後半だったら、普通にそういうことをする時代が過去にもあったはずです。

――たしかに、そうですね。そのキルドレたちは、ずっと外見は子供のままですが、内面は生きたぶんだけ成熟し、どこか達観している面もあるような印象を受けています。『スカイ・クロラ』巻頭に掲げられた数行の文章からは、「子供であり続けること」の重要性と素晴らしさを著者が重視していることが推察できます。ある日本人作家さん（高《たか》田《だ》崇史《たかふみ》さん）が、森さんを「永遠の天才工作少年」と評されたことがあります。森さんが少年のような純粋さを今もお持ちであるのは、多くの日本人読者が認めていると思います。それは、森さんの生来の性質が、少年時代から、そのまま続いているものですか。あるいは、「できるだけ子供であらねば」と意識されている面も少しはあるのでしょうか。

森　まず、キルドレですが、見た目も二十歳くらいだと僕は考えています。ただ、自分たちを子供だと意識しているだけです。また、老人からみれば、二十歳も子供に見えるでしょう。それに、キルドレが本当に存在するのかも、作品内では正確に書かれていません。本人たちの幻想かもしれません。それから、僕自身の話ですが、子供でありたい、というのは、今でも希望の一つです。大人になって良いと思えるのは、他者に認めてもらえることくらいしかありません。

――『スカイ・クロラ』は、押《おし》井《い》守《まもる》監督のアニメーション映画版も大きな話題となりました。映画版には、どのような印象を持たれたでしょうか。

森　素晴らしい映画だと感じました。押井監督の最高傑作だと今でも思っています。

――「スカイ・クロラ」シリーズは、長編五作と短編集一作が刊行されて完結しました。森さんは『スカイ・クロラ』はご自身の「最高傑作」だとおっしゃっていますが、それは『スカイ・クロラ』一作品だけとしての評価でしょうか。あるいは、長編五作と短編集一作から成るシリーズ全体としての評価でしょうか。

森　この当時は、最初の一作を最高と思っていました。作家になって前半十年では最高傑作だと思います。後半十年で、これを上回るものが書けたので、今は違います。でも、最高傑作の一つだとは思っています（読者は、そうは思わない方が多いでしょうけれど）。シリーズとしても、最終作まで思いどおりに展開できた作品で、これ以上のものを書くのは、今後は難しいかもしれません。

――『スカイ・クロラ』単体で、だけでなく、シリーズとしても森さんの最高傑作だということですね。「後半十年で『スカイ・クロラ』を上回る作品がある」と伺って、今日でいちばん、思わず身を乗り出しそうになりました。どの作品のことなのか、お聞きしてもよろしいでしょうか。あえて秘密にしておきたい、ということでしたら、もちろん、それでも構いません。

森　一般に公開したことはありませんが、ファン倶楽部内では講演で言ったり、文章で書いたことがあります。『赤目姫の潮解』が後半十年では最高作です。また、『ブラッド・スクーパ』や『失われた猫』がその次に来ると思います。

――『スカイ・クロラ』は、森さんの数ある作品の中で、多角形のひとつの頂点となる作品であるのは間違いないと思います。と同時に、他にもいくつもの代表作がある中で

『スカイ・クロラ』こそが「最高傑作」であると森さんが思われるのは、作品を構成するさまざまな要素のバランスでしょうか。あるいは、何か特定の理由があるのでしょうか。

森　これは、何がと言葉にはしにくいのですが、言いきってしまえば、感性だと思います。同じものは二度と書けないという意味もあります。おそらく、その要因の一つは、無欲だったからです。人気がなかったこと、売れなかったことで、気持ちが割り切れた結果です。

――「スカイ・クロラ」シリーズについては、森さんは「映画のおかげで売れた」と当初から公言されていましたね。世界的な巨匠である押井監督による映画化、という大きな話題性によって売れた面は当然あるかと思います。映画の話が世間にアナウンスされる以前のシリーズ全体のセールスを仮に一〇〇%としますと、それが何倍にも膨れ上がった感じでしょうか？

森　一作めが出版されてから映画が告知されるまでに六年間ありましたが、この間に売れた冊数の約二倍がその後に売れました。つまり映画のおかげでトータルで三倍になりました。

――『スカイ・クロラ』は、このシリーズで最初に発表された長編であると同時に、作中の時系列では最後の作品となります。シリーズ第二作『ナ・バ・テア』が、時系列ではいちばん古い作品となりますが、このような構成を思いつかれた背景には、「シリーズ第一作」と「時系列が最初の作品」ではどちらがより売れるだろうか、という森さんの実験があったのでしょうか？

森　あまりにも難しいし、わかりにくいし、とてもシリーズ化は無理だろうと考えて、最後のエピソードを最初に書きました。その後、映画化の話が持ち上がり、続編を書かせてもらえたのだと理解しています。とにかく、予想どおり、まったく売れない作品でしたので。また、読者というのは、自分の読んだ順番を他者にすすめる傾向があって、これを読むまえにこれを読め、などと公言する人が多いわけです。そういった文化に反発し、それならば、本来の順番ではない順に出してやろう、と考えました。僕自身は、すべてのシリーズを通して、読む順番なんてどうだって良いと考えているからです。順番を指定するなら、番号をふります。

――たしかに、森さんのシリーズには何巻といったナンバリングはありませんし、「どこから読んでも構いません」と、よくおっしゃっていますね。先ほど、編集者の方からのリクエストで書いた、というお話がありました。と同時に、映画化のおかげで続編を書かせてもらえた、ということは、「このシリーズは何作書いて欲しい」というリクエストが最初からあったわけではないのですね。森さんはご自身の著作の中で、「『完』と書いた回数がキャリアになる」とお書きになっていますが、「スカイ・クロラ」シリーズを長編五作と短編集で終えようと判断されたのは、どの段階だったのでしょうか。

森　書いている段階で、だいたい何作になるか、ということがわかってきます。何冊にしよう、と決めていてもそのとおりにはなかなかなりません。主人公の内面を詳しく書くほど、書き尽くしてしまうので、シリーズが続かなくなりますね。本シリーズでは、三作めくらいを書いたときに、あと二作か三作かな、と感じました。

――森さんは、いくつもの人気シリーズをお持ちですが、「シリーズ最後の巻まで最初の巻の何%の読者がついてくるか」というデータを、シヴィアに分析されている印象があります。最後の長編五作目『クレィドゥ・ザ・スカイ』、あるいは短編集『スカイ・イクリプス』まで、ついてきた読者の割合は、森さんとしては満足のいく数字でしたでしょうか？

森　どのシリーズでも半分以下になります。これは、しかたのないことで、満足でも不満でもありません。誰でも、自分に気に入ったものを読み続けるのです。逆にいえば、読み続けた読者は、お得意様ですから、後半へ行くほどなんでも受け入れてもらえますし、特別な楽しみも得られるでしょう。「スカイ・クロラ」シリーズは、ほかのシリーズに比べると、最初と最後の作品で売れた冊数の差が少なく、つまり、シリーズをすべて読んだ読者の比率が高いシリーズといえます。また、文庫本に比べて単行本が売れていることも、このシリーズの特徴です。

――そうなのですね。たいへん興味深いです。本日はこうしてさまざまなお話を伺って、『スカイ・クロラ』が、著者である森さんの中でも特別な意味を持つシリーズであることが、改めて、とてもよく理解できました。『スカイ・クロラ』単体でも、もちろん、森さんの最高傑作ですが、本書は同時に、「スカイ・クロラ」シリーズという壮大な世界の序章、そして最終章という側面もあります。世界の大空へと今まさに飛び立とうとしているこのシリーズが、今後は、世界中の読者に広く愛されることを、心から期待しています。森さん、本日は、貴重なお時間を割いていただき、本当にありがとうございました。

森　こちらこそ、どうもありがとうございました。

二〇一六年一二月　The Sky Crawlers (English Edition) by The BBB　巻末インタビュー

（せいりょういん・りゅうすい　作家／The BBB編集長）

スカイ・クロラ
The Sky Crawlers

〈単行本〉
中央公論新社
2001年6月25日刊

〈新書判〉
C★NOVELS
2002年10月25日刊

〈文庫〉
中公文庫
2004年10月25日刊

新装版刊行にあたり、巻末に著者インタビュー
「『スカイ・クロラ』について」を加えました。

本文デザイン
鈴木成一デザイン室

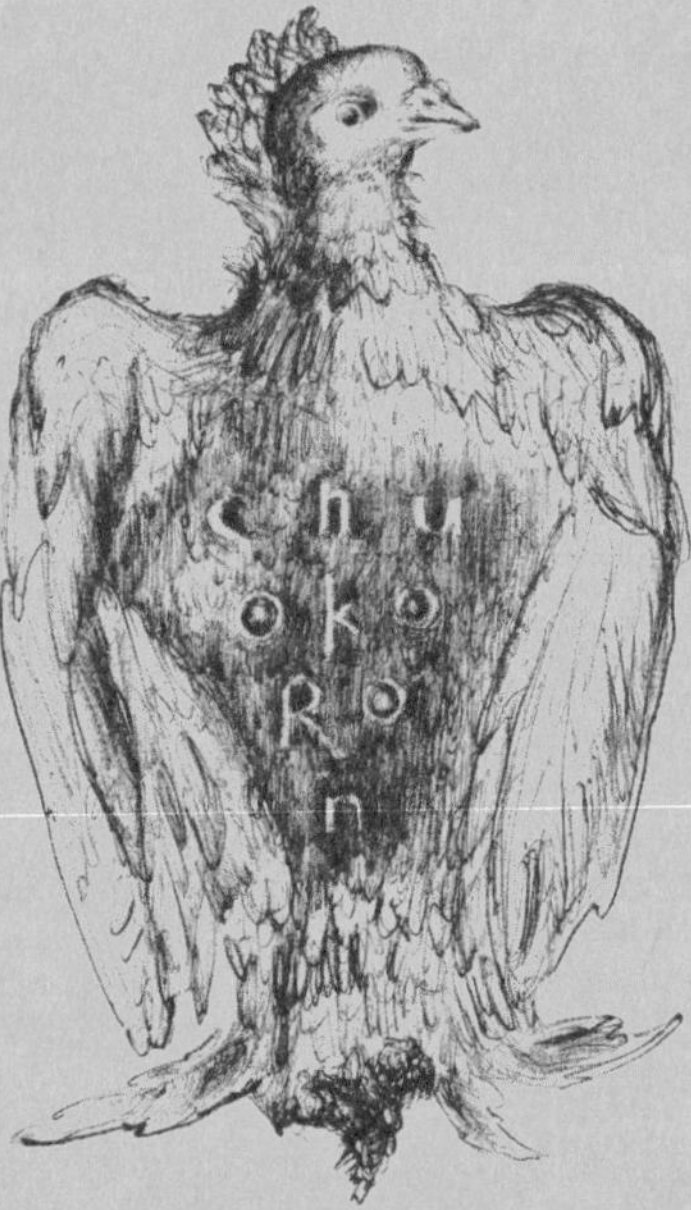

数の生い立ち・図形のふしぎ

矢野健太郎

中央公論新社